梦里不知身是客·南唐词

陈如江 胡言午 ◎ 编注

人民文学出版社

图书在版编目(CIP)数据

梦里不知身是客:南唐词/陈如江,胡言午编注.
—2版.—北京:人民文学出版社,2016
(恋上古诗词:版画插图版)
ISBN 978-7-02-012247-9

Ⅰ.①梦… Ⅱ.①陈… ②胡… Ⅲ.①词(文学)-文学欣赏-中国-南唐 Ⅳ.①I207.23

中国版本图书馆CIP数据核字(2016)第322079号

责任编辑:徐文凯
特约策划:尚　飞
装帧设计:高静芳

出版发行　人民文学出版社
社　　址　北京市朝内大街166号
邮政编码　100705
网　　址　http://www.rw-cn.com

印　　刷　山东德州新华印务有限责任公司
经　　销　全国新华书店等

开　　本　890毫米×1240毫米　1/32
印　　张　6.25
插　　页　2
字　　数　145千字
版　　次　2010年1月北京第1版　2017年2月北京第2版
印　　次　2017年2月第1次印刷

书　　号　978-7-02-012247-9
定　　价　25.00元

如有印装质量问题,请与本社图书销售中心调换。电话:010-65233595

前 言

唐末宋初是我国历史上一段十分混乱的时期。在大约七十年的时间里,依次出现了五个自命大统的王朝和十余个据地为王的地方势力,史称五代十国。地处江淮一隅的南唐,由于实行息兵安民的国策,社会环境相对和平安定,从而造就了它在文化艺术上的繁盛,使得"词"这种新兴文体获得了长足发展。南唐词,就是指以南唐二主李璟、李煜父子和宰相冯延巳为代表的词人词作。

李煜(937—978),字重光,号钟隐,原名从嘉,继位后才改名为李煜,世称李后主。他在做南唐国主的十几年间,虽然时时受到北方赵宋王朝的威胁,但日子也算过得逍遥快活,享尽了奢侈荣华。更令他心满意足的是,他身边先后有情投意合的大周后和小周后的陪伴。这姊妹二人,一个"通史书,善歌舞,尤工凤箫琵琶",一个"警敏有才思,神采端静"。在这对姊妹花的伴侍下,这位才子帝王整日寄情于深宫的莺歌燕舞中,写下了不少绮丽的作品。

开宝八年(975)十一月,宋兵攻下金陵,李煜肉袒出降。数月后,李煜被带到开封,朝觐宋太祖赵匡胤,得到了一个带有侮辱性的封爵"违命侯",从此开始了"日夕只以眼泪洗面"的幽囚生涯。在李煜四十二岁生日的那天,宋太宗派人以御赐美食为名,用牵机药将其毒死。

读李煜的词,就像是在读他悲喜交加的人生,因为他把自己的喜怒哀乐都不加掩饰地表现在词中。他的前期词作大多风格绮丽柔靡,格调明快欢乐,或是描写宫中歌舞宴乐的盛况,或是描写两情相悦的男女情事。试看下面两首作品:

红日已高三丈透,金炉次第添香兽,红锦地衣随步皱。　佳人舞点金钗溜,酒恶时拈花蕊嗅,别殿遥闻箫鼓奏。(《浣溪沙》)

花明月暗笼轻雾,今朝好向郎边去。刬袜步香阶,手提金缕鞋。　画堂南畔见,一向偎人颤。奴为出来难,教君恣意怜。(《菩萨蛮》)

这一类作品,反映了李煜亡国前纵情声色的生活情景,也极纯真地表达了他自己的所怀所感,毫无半点虚饰,所以王国维在《人间词话》中称其"不失赤子之心"。

由于经历了从帝王到臣虏的人生巨变,李煜后期的词作首首泣血,字字含泪,饱含着沉痛的家国之思和深沉的生命体验,哀婉凄凉,催人泪下。下面就是两首典型之作:

帘外雨潺潺,春意阑珊。罗衾不耐五更寒。梦里不知

身是客,一晌贪欢。 独自莫凭栏,无限江山,别时容易见时难。流水落花春去也,天上人间。(《浪淘沙》)

四十年来家国,三千里地山河。凤阁龙楼连霄汉,玉树琼枝作烟萝,几曾识干戈? 一旦归为臣虏,沈腰潘鬓消磨。最是仓皇辞庙日,教坊犹奏别离歌,垂泪对宫娥。(《破阵子》)

这两首词都写出了江山易主、不堪回首往事的惨痛之情,在词风上呈现出低沉伤感的特点。李煜饱尝的国亡身辱之不幸,促成了他从"以词娱乐"到"以词言志"的转变,从而将词从粉黛裙钗的狭小圈子里引入到直抒社会人生之感的轨道上,将词的审美境界提高到了一个新的层面,这给了后来的苏轼、辛弃疾等人莫大的启示。可以说,词到了李煜的手里,才有了血肉和灵魂,才有了真实的生命。谭献在《复堂词话》中曾评价说,李煜的词,就像李白的诗一样,高奇无匹。将李煜的词与李白的诗相提并论,可见后人对其作品评价之高。

李煜在词的创作上有如此大的成就,除了与当时南唐的社会环境有关外,恐怕也遗传了父亲——南唐中主李璟的才华。李璟(916—961),字伯玉,二十八岁继父亲李昇做了南唐皇帝,在位十九年。他的词流传不多,较可信的仅有四首,但每首都是传诵之作。"细雨梦回鸡塞远,小楼吹彻玉笙寒"(《浣溪沙》)是千古名句,历来备受名家推崇。其词虽是以传统的思妇怀人为题材,但却能假离情别绪而发人生的悲慨。后人将他的词作与其子李煜的作品合辑为《南唐二主词》。

李璟年少时,曾在庐山筑读书台,当时在旁伴读的,就是后来做宰相的冯延巳。冯延巳(903—960),字正中,曾三度入相,官终太子太傅。据传,他很有才学,所写下的"风乍起,吹皱一池春水"(《谒金门》),受到世人称赏,连当时的国主李璟也忍不住怀有妒意地对他说:"'吹皱一池春水',关你什么事呢?"冯延巳连忙答道:"我这句写得再好,还是不如陛下您的'小楼吹彻玉笙寒'一句啊!"

冯延巳词在宋初即已散佚,宋仁宗嘉祐三年(1058),其外孙陈世修辑得一百一十九首,以《阳春集》名之而传世。从这些词的内容看,虽多男欢女爱、离别相思的情事,但注重的是人的内心情感的开掘与抒发,而很少浮艳轻薄的描写,因此,所表现出的感情极沉郁深厚,常给人身世感慨的联想。试看一首《鹊踏枝》:

几日行云何处去?忘却归来,不道春将暮。百草千花寒食路,香车系在谁家树? 泪眼倚楼频独语:双燕飞来,陌上相逢否?撩乱春愁如柳絮,悠悠梦里无寻处。

此词虽不过是闺阁园庭之景、伤春怨别之意,可是其中所寓含的伤感却极为挚厚。丈夫在外寻欢作乐,久久不还,妻子在家形影相吊,空房独守,尽管她为丈夫的薄情而怨恨忧伤,黯然落泪,却依旧一片痴情地倚楼守候,盼望着他的归来。这不能不使读者对她的执著之情产生深深的感动,并由此产生广泛的联想。像这类情深意远之作,我们在温庭筠、韦庄等人的词作中是读不到的。

南唐纳土,后主入朝,冯延巳词便流传于汴京,从而对北宋词坛产生了相当大的影响。刘熙载所说的"冯延巳词,晏同叔得其俊,欧阳永叔得其深"(《艺概》),点明了冯延巳词对词坛的贡献。

我们目前所能读到的南唐词仅此三家。这三家所代表的南唐词风,与同时代的西蜀花间词风有着明显的不同,即含有一种人生来去无端的忧愁和伤感,他们共同将人类这种常有的、难以言传的情感具体细腻地表达了出来,这也正是南唐词的审美价值之所在,也是南唐词容易获得读者情感上共鸣的原因。

本书以中华书局《全唐五代词》中的冯延巳、李璟、李煜词为底本,删去了个别残缺与无法考辨作者真伪的词篇。作品的有些字词,因根据其他版本的校改会有不同。在注释方面,力求简明扼要。辑评一栏所收录的历代词评家之点评,或能帮助读者更好地体会作品。

由于水平所限,谬误在所难免,望广大读者批评指正。

目录

前言

冯延巳词

鹊踏枝（梅落繁枝千万片）	3
鹊踏枝（谁道闲情抛掷久）	5
鹊踏枝（秋入蛮蕉风半裂）	6
鹊踏枝（花外寒鸡天欲曙）	7
鹊踏枝（叵耐为人情太薄）	9
鹊踏枝（萧索清秋珠泪坠）	10
鹊踏枝（烦恼韶光能几许）	11
鹊踏枝（霜落小园瑶草短）	12
鹊踏枝（芳草满园花满目）	13
鹊踏枝（几度凤楼同饮宴）	14
鹊踏枝（几日行云何处去）	16
鹊踏枝（庭院深深深几许）	19
鹊踏枝（粉映墙头寒欲尽）	23
鹊踏枝（六曲阑干偎碧树）	24
采桑子（中庭雨过春将尽）	25
采桑子（马嘶人语春风岸）	27
采桑子（西风半夜帘栊冷）	28

采桑子(酒阑睡觉天香暖)	29
采桑子(小堂深静无人到)	30
采桑子(画堂灯暖帘栊卷)	31
采桑子(笙歌放散人归去)	31
采桑子(昭阳记得神仙侣)	32
采桑子(风微帘幕清明近)	33
采桑子(画堂昨夜愁无睡)	34
采桑子(寒蝉欲报三秋候)	36
采桑子(洞房深夜笙歌散)	37
采桑子(花前失却游春侣)	38
酒泉子(庭下花飞)	39
酒泉子(云散更深)	40
酒泉子(庭树霜凋)	40
酒泉子(芳草长川)	41
酒泉子(春色融融)	42
酒泉子(深院空帏)	43
临江仙(秣陵江上多离别)	44
临江仙(冷红飘起桃花片)	45
临江仙(南园池馆花如雪)	45
清平乐(深冬寒月)	46
清平乐(雨晴烟晚)	47

清平乐（西园春早）	49
醉花间（独立阶前星又月）	50
醉花间（月落霜繁深院闭）	51
醉花间（晴雪小园春未到）	52
醉花间（林雀归栖撩乱语）	53
应天长（石城山下桃花绽）	54
应天长（朱颜日日惊憔悴）	55
应天长（石城花落江楼雨）	55
应天长（当时心事偷相许）	56
应天长（兰舟一宿还归去）	57
谒金门（圣明世）	58
谒金门（杨柳陌）	58
谒金门（风乍起）	59
虞美人（画堂新霁情萧索）	62
虞美人（碧波帘幕垂朱户）	63
虞美人（玉钩鸾柱调鹦鹉）	64
虞美人（春山淡淡横秋水）	65
春光好（雾蒙蒙）	66
舞春风（严妆才罢怨春风）	67
归国遥（何处笛）	68
归国遥（春艳艳）	69

归国遥（寒水碧）	69
南乡子（细雨湿流光）	70
南乡子（细雨泣秋风）	73
南乡子（玉枕拥孤衾）	74
长命女（春日宴）	74
喜迁莺（宿莺啼）	75
芳草渡（梧桐落）	76
更漏子（金剪刀）	77
更漏子（秋水平）	78
更漏子（风带寒）	79
更漏子（雁孤飞）	79
更漏子（夜初长）	80
抛球乐（酒罢歌余兴未阑）	81
抛球乐（逐胜归来雨未晴）	82
抛球乐（梅落新春入后庭）	82
抛球乐（年少王孙有俊才）	83
抛球乐（霜积秋山万树红）	84
抛球乐（莫厌登高白玉杯）	85
抛球乐（尽日登高兴未残）	85
抛球乐（坐对高楼千万山）	86
鹤冲天（晓月坠）	88

醉桃源（南园春半踏青时）	89
醉桃源（角声吹断陇梅枝）	90
菩萨蛮（金波远逐行云去）	91
菩萨蛮（画堂昨夜西风过）	92
菩萨蛮（梅花吹入谁家笛）	93
菩萨蛮（回廊远砌生秋草）	94
菩萨蛮（娇鬟堆枕钗横凤）	95
菩萨蛮（西风袅袅凌歌扇）	96
菩萨蛮（沉沉朱户横金锁）	97
菩萨蛮（欹鬟堕髻摇双桨）	98
浣溪沙（春到青门柳色黄）	99
浣溪沙（转烛飘蓬一梦归）	100
相见欢（晓窗梦到昭华）	100
三台令（春色）	101
三台令（明月）	103
三台令（南浦）	104
点绛唇（荫绿围红）	105
上行杯（落梅着雨消残粉）	106
贺圣朝（金丝帐暖牙床稳）	107
忆仙姿（尘拂玉台鸾镜）	108
忆秦娥（风淅淅）	108

忆江南(去岁迎春楼上月)	109
忆江南(今日相逢花未发)	110
思越人(酒醒情怀恶)	111
长相思(红满枝)	112
莫思归(花满名园酒满觞)	112
金错刀(日融融)	113
金错刀(双玉斗)	114
玉楼春(雪云乍变春云簇)	115
寿山曲(铜壶滴漏初尽)	118

李璟词

应天长(一钩初月临妆镜)	121
望远行(玉砌花光锦绣明)	122
浣溪沙(手卷真珠上玉钩)	123
浣溪沙(菡萏香销翠叶残)	127

李煜词

虞美人(春花秋月何时了)	133
乌夜啼(昨夜风兼雨)	136

一斛珠（晓妆初过）	137
子夜歌（人生愁恨何能免）	139
临江仙（樱桃落尽春归去）	140
望江南（多少恨）	141
望江南（多少泪）	142
清平乐（别来春半）	143
采桑子（亭前春逐红英尽）	145
喜迁莺（晓月坠）	146
蝶恋花（遥夜亭皋闲信步）	147
乌夜啼（林花谢了春红）	150
长相思（云一緺）	152
捣练子令（深院静）	153
浣溪沙（红日已高三丈透）	155
菩萨蛮（花明月暗笼轻雾）	156
望江梅（闲梦远）	158
望江梅（闲梦远）	158
菩萨蛮（蓬莱院闭天台女）	159
菩萨蛮（铜簧韵脆锵寒竹）	160
阮郎归（东风吹水日衔山）	161
浪淘沙（往事只堪哀）	164
采桑子（辘轳金井梧桐晚）	165

虞美人(风回小院庭芜绿) 167

玉楼春(晚妆初了明肌雪) 168

子夜歌(寻春须是先春早) 170

谢新恩(秦楼不见吹箫女) 170

谢新恩(樱花落尽阶前月) 172

破阵子(四十年来家国) 172

浪淘沙(帘外雨潺潺) 174

渔父(浪花有意千重雪) 176

渔父(一棹春风一叶舟) 177

乌夜啼(无言独上西楼) 178

捣练子令(云鬓乱) 180

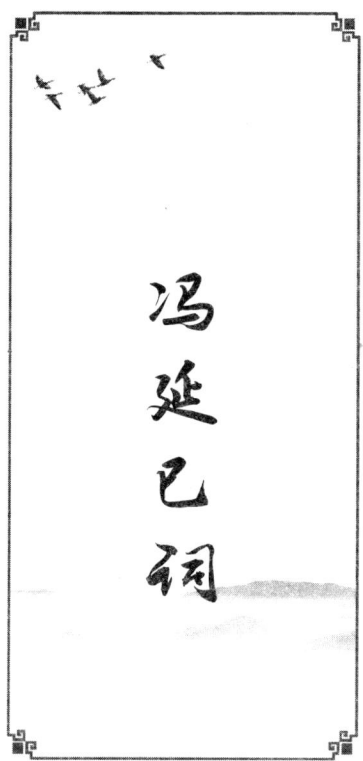

冯延巳词

鹊踏枝[①]

梅落繁枝千万片。犹自多情,学雪随风转。昨夜笙歌容易散[②],酒醒添得愁无限。　楼上春山寒四面。过尽征鸿[③],暮景烟深浅[④]。一晌凭栏人不见[⑤],红绡掩泪思量遍[⑥]。

注释

[①] 这首词抒发词人对生命无常的伤感。

[②] 笙歌:吹笙唱歌。容易:轻易。

[③] 征鸿:远行的大雁。征鸿过尽,昭示着节令的转换。

[④] "暮景"句:远处近处,只有浓浓淡淡的烟霭装点着无边的暮色。

[⑤] 一晌:表示时间,有片刻、多时二义。这里承接上句词意,从白昼景物写到暮色苍然,是时间较长之意。

[⑥] 绡:生丝织成的薄绸,这里指手帕。

辑评

王鹏运曰:冯正中《鹊踏枝》十四阕,郁伊惝恍,义兼比兴。(《半塘丁稿·鹜翁集》)

陈廷焯曰:词有貌不深而意深者,韦端己《菩萨蛮》、冯正中《蝶恋花》(即《鹊踏枝》)是也。(《白雨斋词话》)

鹊踏枝（梅落繁枝千万片）

陈秋帆曰:愁苦哀伤之致动于中,蒿庵所谓"危苦烦乱,郁不自达,发于诗余"者。(《阳春集笺》)

鹊踏枝①

谁道闲情抛掷久②?每到春来,惆怅还依旧。日日花前常病酒③,不辞镜里朱颜瘦④。　河畔青芜堤上柳⑤。为问新愁,何事年年有?独立小楼风满袖,平林新月人归后⑥。

注释

① 这首词抒写春来之际词人内心触引起的愁绪。一说欧阳修作。
② 闲情:指无端涌上心头的不可名状的情绪。
③ 病酒:因饮酒过量而病。
④ "不辞"句:即使因为病酒而容颜消瘦,但仍不后悔。不辞,不惜的意思。
⑤ 青芜:丛生的青草。
⑥ "平林"句:谓夜晚降临,月上林梢,路上行人渐少。平林,平展的树林。

辑评

谭献曰:此阕叙事。(谭评《词辨》)

陈廷焯曰:可谓沉着痛快之极,然却是从沉郁顿挫来,浅人何足知之。(《白雨斋词话》) 又曰:起得风流跌宕。"为问"二句映起笔。"独立"二语,仙境?凡境?断非凡笔也。(《云韶集》) 又曰:始终不渝其志,亦可谓自信而不疑,果毅而有守矣。(《词则·大雅集》)

梁启超曰:稼轩《摸鱼儿》起处从此脱胎,文前有文,如黄河伏流,莫穷其源。(梁令娴《艺蘅馆词选》引)

俞平伯曰:"为问新愁",对前文"惆怅还依旧"说,以见新绿而触起新愁,与白居易《赋得古草原送别》所谓"春风吹又生"略同。(《唐宋词选释》)

唐圭璋曰:此首写闺情,如行云流水,不染纤尘。起两句,自设问答,已见凄婉。"日日"两句,从"惆怅"来,日日病酒,不辞消瘦,意更深厚。换头,因见芳草、杨柳,又起新愁。问何以年年有愁,亦是恨极之语。末两句,只写一美境,而愁自寓焉。(《唐宋词简释》)

鹊踏枝①

秋入蛮蕉风半裂②。狼藉池塘,雨打疏荷折③。绕砌蛩声芳草歇④,愁肠学尽丁香结⑤。　　回首西南看晚月。孤雁来时,塞管声呜咽⑥。历历前欢无处说,关山何日休离别⑦。

注释

① 此词抒写离别的愁苦。
② 蛮焦:即芭蕉。因生于南方蛮地,故称。风半裂:形容秋风凄厉。古人称八月风为裂叶风。
③ "狼藉"二句:意谓池塘中疏落的荷叶经过风雨后凌乱不堪。
④ 砌:台阶。蛩(qióng):蟋蟀。歇:凋零,枯萎。
⑤ 丁香结:丁香的花苞。古人常用丁香结表示心情的郁结。李商隐《代赠二首》之一:"芭蕉不展丁香结,同向风中各自愁。"
⑥ 塞管:即羌管,塞北的胡乐器。
⑦ "历历"二句:意思说往日相聚的欢乐犹历历在目,不知何日才能不再关山阻隔。

辑评

陈秋帆曰:玩味其意,多凭吊凄怆之慨。(《阳春集笺》)

鹊踏枝①

花外寒鸡天欲曙②。香印成灰,起坐浑无绪③。

檐际高桐凝宿雾④,卷帘双鹊惊飞去。　　屏上罗衣闲绣缕⑤。一晌关情,忆遍江南路⑥。夜夜梦魂休谩语⑦,已知前事无寻处。

注释

① 这首词抒写闺中少妇对丈夫的思念。
② "花外"句:天气寒冷,远处的公鸡不到天明已开始报晓了。
③ "香印"二句:意谓早晨印香已烧成灰,起来坐着全然没有情绪。香印,即印香,指刻有印记,可根据燃烧的长短来判断时间的香炷。
④ "檐际"句:屋檐边的梧桐树上夜雾未消。宿雾,夜间的雾气。
⑤ "屏上"句:没有心思去做针线活,那件未绣完的罗衣还搭在屏风上。
⑥ 一晌:片刻,一会儿。关情:动情。忆遍江南路:谓在梦中行遍江南。岑参《春梦》诗:"枕上片时春梦中,行尽江南数千里。"
⑦ 谩语:梦话。这里指说梦话欺骗自己。

辑评

俞陛云曰:芬芳悱恻之音。(《唐五代两宋词选释》)

俞平伯:("卷帘"句)写天明光景,笔意跳脱。鹊本歇在梧桐树上,因帘卷而惊飞。("忆遍"句)或从画屏风景联想,如后来晏

几道《蝶恋花》"小屏风上西江路"。(《唐宋词选释》)

鹊踏枝[1]

叵耐为人情太薄[2]。几度思量,真拟浑抛却[3]。新结同心香未落,怎生负得当初约[4]。　休向尊前情索寞[5]。手举金罍[6],凭仗深深酌。莫作等闲相斗作[7],与君保取长欢乐。

注释

[1] 这首词抒写女主人公对负约情人的怨愤。
[2] 叵(pǒ)耐:不可忍耐,可恨。叵,"不可"二字的合音。
[3] "几度"二句:意谓自己反复思量后,准备将情缘全都抛却。浑,都。
[4] "新结"二句:言同心结才刚刚打成,余香未消,怎么就背弃了当初的约定呢?
[5] 索寞:孤寂、沮丧的样子。
[6] 金罍(léi):纹饰精美的酒器。
[7] "莫作"句:不要将我们的感情视作等闲儿戏。等闲,轻易,随便。斗作,玩耍,儿戏。斗,通"逗"。

辑评

丁寿田等曰：词前半首责人薄情，后半首乃转作强颜欢笑。"手举金罍，凭仗深深酌。"一种沉郁潦倒之神态可想见也。韦庄《菩萨蛮》"珍重主人心，酒深情亦深"，情绪与此相似。最后"与君保取长欢乐"一语，悲在言外，尤为沉着。（《唐五代四大名家词》）

鹊踏枝[①]

萧索清秋珠泪坠[②]。枕簟微凉，展转浑无寐[③]。残酒欲醒中夜起，月明如练天如水[④]。　　阶下寒声啼络纬[⑤]。庭树金风[⑥]，悄悄重门闭[⑦]。可惜旧欢携手地，思量一夕成憔悴[⑧]。

注释

① 这是一首闺怨词。
② 萧索：萧条衰飒。
③ "枕簟(diàn)"二句：意谓竹席睡枕微带凉意，辗转反侧，难以入眠。簟，竹席。展转，即辗转。
④ 练：洁白的丝织品。

⑤ 络纬:虫名,即莎鸡,俗称络丝娘、纺织娘,夏秋夜间振羽作声,鸣叫声如纺线。

⑥ 金风:秋风。古时候以四季配五行,秋令属金,故称。

⑦ 重门:屋内之门。

⑧ "可惜"二句:意谓可惜与爱人携手欢会的情景已成往事,相思一夜,人就憔悴了。

辑评

俞陛云曰:写景句含宛转之情,言情句带凄清之景,可谓情景两得。(《唐五代两宋词选释》)

鹊踏枝①

烦恼韶光能几许②?肠断魂销,看却春还去。只喜墙头灵鹊语③,不知青鸟全相误④。　　心若垂杨千万缕。水阔花飞,梦断巫山路⑤。开眼新愁无问处,珠帘锦帐相思否⑥?

注释

① 这首词抒写思妇伤春的情怀。

② "烦恼"句：美好的春光能带给我多少烦恼呢？韶光，春光。几许，多少。
③ 灵鹊语：古人以为鹊噪是喜事临门的征兆。
④ 青鸟：神话中的仙鸟，传说中曾为西王母传递消息，后便作为信使的代称。
⑤ 梦断：梦醒。巫山路：宋玉《高唐赋》载有楚王梦遇巫山神女的故事，后多喻指男女欢会。
⑥ "开眼"二句：言醒来后又添一层烦恼，又能向谁去探问：意中人此时此刻是否也和我一样相思呢？

鹊踏枝①

霜落小园瑶草短②。瘦叶和风③，惆怅芳时换。旧恨年年秋不管④，朦胧如梦空肠断。　　独立荒池斜日岸。墙外遥山，隐隐连天汉⑤。忽忆当年歌舞伴，晚来双脸啼痕满。

注释

① 这是一首伤时感旧之作。
② 瑶草：仙草。这里指园中的小草。

③ 瘦叶和风:枯瘦的树叶在秋风中飘动。
④ 旧恨:指悲秋的情怀。
⑤ 天汉:银河。

辑评

陈秋帆曰:含思凄婉,似别有怀抱者。(《阳春集笺》)

鹊踏枝①

芳草满园花满目。帘外微微②,细雨笼庭竹。杨柳千条珠簌簌③,碧池波皱鸳鸯浴。　　窈窕人家颜似玉④。弦管泠泠⑤,齐奏云和曲⑥。公子欢筵尤未足,斜阳不用相催促。

注释

① 这首词描写显宦之家的欢宴场景。
② 微微:犹蒙蒙。
③ 簌簌(lù sù):纷纷下落的样子。
④ 窈窕(yǎo tiǎo):娴静美好的样子。
⑤ 泠(líng)泠:形容声音清脆。

⑥ 云和:琴瑟等弦乐器的代称。

辑评

沈雄曰:"碧池波皱鸳鸯浴",冯延巳《蝶恋花》语也。唐元宗极爱此一句,可当"细雨梦回"两句。(《古今词话·词品》)

俞陛云曰:"欢筵未足"句意有所指。(《唐五代两宋词选释》)

鹊踏枝①

几度凤楼同饮宴②。此夕相逢,却胜当时见。低语前欢频转面,双眉敛恨春山远③。 蜡烛泪流羌笛怨④。偷整罗衣,欲唱情犹懒。醉里不辞金盏满⑤,阳关一曲肠千断⑥。

注释

① 此词抒写男女重逢而又将分别的凄苦之情。
② 凤楼:女子的居处。这里指歌楼妓馆。
③ "双眉"句:双眉微蹙,流露出怨恨之情。春山,以春天山色黛青喻女子之眉色。

④ 蜡烛泪流:语出杜牧《赠别》诗:"蜡烛有心还惜别,替人垂泪到天明。"羌笛怨:语出王之涣《凉州词》:"羌笛何须怨杨柳,春风不度玉门关。"
⑤ "醉里"句:反正都已经醉了,金盏中的酒再满也不推辞。金盏,装饰精美的酒杯。
⑥ 阳关:即古曲《阳关三叠》。王维《送元二使安西》诗:"渭城朝雨浥轻尘,客舍青青柳色新。劝君更尽一杯酒,西出阳关无故人。"后入乐,作为送别之曲,又名《渭城曲》、《阳关曲》。

辑评

陈秋帆曰:宛转绸缪,与温庭筠《菩萨蛮》、《更漏子》同一情致。(《阳春集笺》)

刘永济曰:此首所表之情,极其复杂。首句,念昔日之旧欢也。二、三句,则今日之新欢。四、五句,又由今日相会之欢追想昔日别离之苦。后半阕则专就今日临别言。"醉里"句,因不胜今别之苦,希图从"醉里"作别,或可减少苦情也。冯延巳曾两度作宰相,此词表面以欢会与惜别为言,其中实有得失之心,但一托之闺情,便觉缠绵宛转。(《唐五代两宋词简析》)

丁寿田等曰:"醉里不辞金盏满"及前"偷整"二句,试想其神态如何,不可等闲读过也。(《唐五代四大名家词》)

鹊踏枝①

几日行云何处去②？忘却归来，不道春将暮③。百草千花寒食路，香车系在谁家树④？　泪眼倚楼频独语：双燕飞来，陌上相逢否⑤？撩乱春愁如柳絮，悠悠梦里无寻处⑥。

注释

① 这首词抒写一个女子对丈夫冶游不归的怨恨。一说欧阳修作。

② "几日"句：谓那位像行云一样的薄情人，几日不见他的踪迹，不知又冶游到何处去了。行云，宋玉《高唐赋》说巫山神女"旦为朝云，暮为行雨"。后人遂以"行云"、"行雨"指男女欢会。这里指在外寻欢作乐的丈夫。

③ 不道：不觉。

④ "百草"二句：在寒食、清明时节，百草千花争相斗艳的踏春路上，冶游郎的香车不知系在哪一家的树上。寒食，古时节令名，在清明的前一天或两天，是日禁火，故称寒食。

⑤ "陌上"句：这句是问燕子，在飞来的路上有没有遇到我那薄情人？

⑥ "撩乱"二句：言愁绪如漫天飞舞的柳絮般纷乱，只恐在悠悠的梦境中也难寻觅到他的身影。

鹊踏枝（几日行云何处去）

辑评

张惠言曰:忠爱缠绵,宛然《骚》《辨》之义,延巳为人,专蔽嫉妒,又敢为大言,此词盖以排间异己者,其君之所以信而弗疑也。(《词选》)

谭献曰:行云、百草、千花、香车、双燕,必有所托。(谭评《词辨》)

陈廷焯曰:遣词运笔,如许松爽。情词并茂,我思其人。(《云韶集》)又曰:低回曲折,蔼乎其言,可以群,可以怨。情词悱恻。"双燕"二语,映首章。(《词则·大雅集》)

《织余琐述》曰:元好问《清平乐》云:"飞去飞来双乳燕,消息知郎近远。"用冯延巳"双燕飞来,陌上相逢否"句意。彼未定其逢否,此则直以为知,唯消息近远未定耳。妙在能变化。(况周颐《蕙风词话》引)

俞陛云曰:起笔托想空灵,欲问伊人踪迹,如行云之在天际。春光已暮,而留滞望归,况当寒食佳辰,柳天花草,香车所驻,从何处追寻!前半首专写离人,后半首乃言己之情思,孤客凭阑,无由通讯,陌上归来燕子,或曾见芳踪。永叔《洛阳春》词"看花拭泪向归鸿,问来处逢郎否",与此词皆无聊之托思。结句言赢得愁绪满怀,乱如柳絮,而入梦依依,茫无寻处,是絮是身,是愁是梦,一片迷离,词家妙境。(《唐五代两宋词选释》)

王国维曰:"终日驰车走,不见所问津。"诗人之忧世也。"百草千花寒食路,香车系在谁家树"似之。(《人间词话》)

刘永济曰:此词因心中所思之人久出不归,遂疑其别有所欢,故曰"香车系在谁家树"。后半阕前三句,言消息不知;后二句,言愁思甚苦也。其中既有猜忌,又有留恋与希冀之意。其情感极其曲折,此张惠言所谓"忠爱缠绵",能使其君信而弗疑也。(《唐五代两宋词简析》)

唐圭璋曰:此首伤离念远,笔墨入化。句首以问起,问人去何处?"忘了"两句,言春将暮,而人犹不归,怨之至,亦伤之至。"百草"两句,复作问语,问人牵系谁家,总以人不归来,故一问再问。换头,因见双燕,又和泪问燕可逢人,相思之深,怅望之切,并可知已。末两句,揭出愁思无已之情,即梦里亦无寻处,缠绵悱恻,一往情深。(《唐宋词简释》)

鹊踏枝①

庭院深深深几许②?杨柳堆烟,帘幕无重数③。玉勒雕鞍游冶处,楼高不见章台路④。　　雨横风狂三月暮。门掩黄昏,无计留春住。泪眼问花花不语,乱红飞入秋千去⑤。

注释

① 这首词抒写闺中少妇的幽怨,也有人认为是借男女情事抒发

鹊踏枝（庭院深深深几许）

作者政治上的失落之感。一说欧阳修作。

② 几许：多少。

③ "杨柳"二句：极言思妇深闺寂寞，阻隔重重。

④ "玉勒"二句：谓意中人冶游不归，自己却望而不见，无可奈何。玉勒雕鞍，玉制的马笼头和精雕的马鞍，这里代指骑马之人。游冶处，指歌楼妓院。章台，汉时长安有章台街，是歌楼妓院聚集之所，后泛指妓院聚居之地。

⑤ 乱红：指落花。

辑评

李廷机曰：首句叠用三个"深"字最新奇，后段形容春暮光景殆尽。（《草堂诗余评林》）

沈际飞曰：末句参之"点点飞红雨"句，一若关情，一若不关情，而情思俱荡漾无边。（《草堂诗余正集》）

毛先舒曰：词家意欲层深，语欲浑成；作词者，大抵意层深者，语便刻画；语浑成者，意便肤浅，两难兼也。或欲举其似，偶拈永叔词云："泪眼问花花不语，乱红飞过秋千去。"此可谓层深而浑成。何也？因花而有泪，此一层意也；因泪而问花，此一层意也；花竟不语，此一层意也；不但不语，且又乱落，飞过秋千，此一层意也。人愈伤心，花愈恼人，语愈浅而意愈入，又绝无刻画费力之迹，谓非层深而浑成耶？然作者初非措意，直如化工生物，笋未出而苞节已俱，非寸寸为之也。若先措意，便刻画愈深愈堕恶境矣。此等一经拈出，便当扫去。（王又华《古今词

论》引)

张惠言曰:"庭院深深",闺中既以邃远也;"楼高不见",哲王又不悟也;"章台"、"游冶",小人之径;"雨横风狂",政令暴急也;"乱红飞去",斥逐者非一人而已,殆为韩、范作乎?又此词亦见冯延巳集中。李易安《词序》云:"欧阳公作《蝶恋花》,有'庭院深深深几许'之句,余酷爱之,用其语,作'庭院深深'数阕,其声即《临江仙》也。"易安去欧公未远,其言必非无据。(《词选》)

陈廷焯曰:连用三"深"字,妙甚。偏是楼高不见,试想千古有情人读至结处,无不泪下。绝世至文!(《云韶集》)

黄苏曰:首阕因杨柳烟多,若幕之重重者,庭院之深以此。即下句章台不见亦以此。总以见柳絮之迷人。加之雨横风狂,即拟闭门,而春已去矣。不见乱红之尽飞乎,语意如此。通首诋斥,看来必有所指。第词旨浓丽,即不明所指,自是一首好词。(《蓼园词评》)

唐圭璋曰:此首写闺情,层深而浑成。首三句,但写一华丽之深院,而人之矜贵可知。"玉勒"两句,写行人游冶不归,一则庭院凝愁,一则章台驰骋,两句射照,哀乐毕见。换头,因风雨交加,更起伤春怀人之情。"泪眼"两句,毛稚黄释之曰:"因'花'而有'泪',此一层意也。因'泪'而问'花',此一层意也。'花'竟不语,此一层意也。不但'不语'且又'乱'落'飞过秋千',此一层意也。人愈伤心,'花'愈恼人,语愈浅而意愈入,又绝无刻画费力之迹,谓非层生而浑成耶。"观毛氏此言,可悟其妙。(《唐宋词简释》)

鹊踏枝[①]

粉映墙头寒欲尽。宫漏长时,酒醒人犹困[②]。一点春心无限恨[③],罗衣印满啼妆粉[④]。　柳岸花飞寒食近,陌上行人,杳不传芳信[⑤]。楼上重檐山隐隐,东风尽日吹蝉鬓[⑥]。

注释

① 这首词写思妇对远人的思念。
② "粉映"三句:写思妇酒醒后的所见所感:皎洁的月光映照在墙头,寒气即将退却,宫漏声长,虽已酒醒,犹觉困倦。宫漏,古代宫中用以计时的滴漏。
③ 春心:为春景所引发伤感之情。
④ 啼妆:古代女子的一种化妆样式,用粉涂在眼下,如啼痕一般。
⑤ "柳岸"三句:谓杨柳岸边百花争妍,又到了踏青游春的时节,路上的行人却没有带来情人的消息。杳,全然。
⑥ "东风"句:以东风整日吹拂着头发,极言凝视的时间之长。蝉鬓,古代女子所梳的一种蝉翼状的发式。

辑评

俞陛云曰:结句"风吹蝉鬓",含蕴不尽,词家妙诀也。(《唐

五代两宋词选释》)

陈秋帆曰:此阕多从温词中"青琐对芳菲,玉关音信稀";"金雁一双飞,泪痕沾绣衣";"音信不归来,社前双燕回"等句夺胎。(《阳春集笺》)

鹊踏枝①

六曲阑干偎碧树②。杨柳风轻,展尽黄金缕③。谁把钿筝移玉柱④,穿帘海燕惊飞去。　满眼游丝兼落絮⑤,红杏开时,一霎清明雨⑥。浓睡觉来莺乱语,惊残好梦无寻处。

注释

① 这首词抒写深闺少妇的惆怅。一说欧阳修作。
② 六曲阑干:曲曲的栏杆。
③ 黄金缕:这里指嫩黄的柳条。
④ "谁把"句:不知是谁在弹琴,传来一阵阵琴声。钿筝,指镶嵌金饰的筝。玉柱,美玉做成的承弦短柱。
⑤ 游丝:飘荡在空中的虫丝。
⑥ 一霎:一阵子。

辑评

谭献曰:金碧山水,一片空蒙,此正周氏所谓"有寄托入,无寄托出"也。(谭评《词辨》)

陈廷焯曰:"浓睡觉来莺乱语,惊残好梦无寻处。"忧谗畏讥,思深意苦。(《白雨斋词话》) 又云:雅秀工丽,是欧公之祖。字字和雅,字字秀丽,词中正格也。(《云韶集》)

唐圭璋曰:此首,情绪亦寓景中。"六曲"三句,阑外景;"谁把"两句,帘内景。阑外杨柳如丝,帘内海燕双栖,是一极富丽极幽静之金屋。而钿筝一声,骤惊双燕,又是静中极微妙之兴象。下片,"满眼"三句,因雨而引起惜花情绪。"浓睡"两句,因梦而引起恼莺情绪。镇日凄清,原无欢意,方期睡浓梦好,一晌贪欢,偏是莺语又惊残梦,其惆怅为何如耶?谭复堂评此词如"金碧山水,一片空蒙",可谓善会消息矣。(《唐宋词简释》)

采桑子①

中庭雨过春将尽②,片片花飞。独折残枝,无语凭栏只自知。 玉堂香暖珠帘卷③,双燕来归。后约难期,肯信韶华得几时④。

采桑子（中庭雨过春将尽）

注释

① 这是一首思念情人之作。
② 中庭:即庭中。
③ 玉堂:豪华的宅第。
④ "肯信"句:犹言韶华易逝,春光难再。肯信,怎能相信。韶华,春光,也指青春。

辑评

俞陛云:上阕花枝已残而独折取,其云自知者,当别有思存;下阕知韶华之易逝,则君宜早归,警告之切,正相忆之深。(《唐五代两宋词选释》)

采桑子①

马嘶人语春风岸,芳草绵绵②。杨柳桥边,落日高楼酒旆悬③。　　旧愁新恨知多少?目断遥天。独立花前,更听笙歌满画船。

注释

① 这首词写离情。

② 绵绵:连绵不断。

③ 酒斾(pèi):酒旗,挂在酒店门口以招徕顾客。

辑评

俞陛云曰:"酒斾催日下城头",人称佳句。此词"落日高楼"句尤为浑成。下阕"笙歌"句在新愁旧恨中闻之,只增忉怛耳。(《唐五代两宋词选释》)

采桑子①

西风半夜帘栊冷②,远梦初归。梦过金扉③,花谢窗前夜合枝④。　　昭阳殿里新翻曲⑤,未有人知。偷取笙吹,惊觉寒蛩到晓啼⑥。

注释

① 这首词写闺情。

② 帘栊:这里指窗帘。栊,窗户。

③ 金扉:装饰华丽的门。

④ 夜合:植物名,合欢花的俗称。古人认为合欢花可以消怨和好,故常用以赠人。这里暗示思妇与所恋之人间有过不愉快

的经历。
⑤ 昭阳殿：宫殿名，汉武帝所建，汉成帝宠妃赵飞燕曾居于此。这里泛指女子的居处。翻：奏。
⑥ 寒蛩(qióng)：深秋的蟋蟀。

采桑子①

酒阑睡觉天香暖②，绣户慵开。香印成灰，独背寒屏理旧眉③。　　朦胧却向灯前卧，窗月徘徊。晓梦初回，一夜东风绽早梅。

注释

① 这首词描写闺中人慵懒的情态。
② "酒阑"句：酒意消失后醒来，屋内余香袅袅，温暖舒适。睡觉，睡醒。天香，特异的香味。
③ 旧眉：残眉。指原先的画眉已经模糊。

辑评

俞陛云曰：上阕"旧眉"句寒屏独掩，尚理残妆，与耆卿"衣带渐宽终不悔"皆蔼然忠厚之言。下阕在孤灯映月、低回不尽之

时,而以东风梅绽,空灵之笔作结,非特含蓄,且风度嫣然,自是词手。(《唐五代两宋词选释》)

采桑子①

小堂深静无人到,满院春风。惆怅墙东,一树樱桃带雨红②。　　愁心似醉兼如病③,欲语还慵。日暮疏钟,双燕归栖画阁中④。

注释

① 这是一首闺怨词。
② "惆怅"二句:面对墙东雨后盛开的樱桃花而生惆怅之情。
③ "愁心"句:忧愁的心如同醉酒生病般难受。
④ 画阁:这里指女子所居的闺阁。

辑评

陈廷焯曰:自然景色。节拍处合毫邈然。(《云韶集》)
俞陛云曰:"小堂"一首,羡双燕之归来。(《唐五代两宋词选释》)

采桑子①

　　画堂灯暖帘栊卷,禁漏丁丁②。雨罢寒生,一夜西窗梦不成③。　　玉娥重起添香印④,回倚孤屏。不语含情,水调何人吹笛声⑤?

注释

① 这首词描写闺中少妇孤寂的情怀。
② 禁漏:即宫漏。禁,指宫禁。丁丁:宫漏滴水之声。
③ "一夜"句:谓女主人公在深闺一夜美梦不成。
④ 玉娥:美貌的女子。这里指侍女。
⑤ 水调:曲调名,相传为隋炀帝杨广所制。

辑评

　　俞陛云曰:"画堂"一首,怅谁家之吹笛,通首仅寓孤闷之怀。(《唐五代两宋词选释》)

采桑子①

　　笙歌放散人归去,独宿江楼。月上云收,一半珠帘挂玉钩。　　起来点检经游地,处处新愁②。凭仗东流,将取离心过橘洲③。

注释

① 这首词抒写欢筵难再、好景不长的忧伤。
② "起来"二句:意谓起床察看游历过的地方,所到之处皆是离愁。
③ "凭仗"二句:言借那东流之水,将我的思念之情带到湘江橘子洲头。凭仗,凭借。将取,带着。橘洲,在今湖南长沙湘江中,这里指伊人所在之地。

辑评

陈廷焯曰:正中《菩萨蛮》、《罗敷艳歌》诸篇,温厚不逮飞卿。然如"凭仗东流,将取离心过橘洲",又"残月尚弯环,玉筝和泪弹",又"玉露不成圆,宝筝悲断弦",又"红烛泪阑干,翠屏烟浪寒",又"云雨已荒凉,江南春草长",亦极凄婉之致。(《白雨斋词话》)　　又曰:字和音雅,情味不求深而自深。(《云韶集》)

采桑子①

昭阳记得神仙侣②,独自承恩③。水殿灯昏,罗幕轻寒夜正春④。　　如今别馆添萧索⑤，满面啼痕。旧约犹存，忍把金环别与人⑥。

注释

① 这是一首宫怨之作。
② 昭阳：即昭阳殿，汉武帝所建，成帝时，宠妃赵飞燕曾居于此。后人常指称皇帝所居之宫。王昌龄《长信秋词》："玉颜不及寒鸦色，犹带昭阳日影来。"
③ 承恩：承受恩泽，即得宠。
④ "水殿"二句：系写当日得宠情景。水殿，临水的宫殿。
⑤ 别馆：这里指冷宫。
⑥ 忍把：怎忍把。金环：金指环，这里指定情信物。别与人：即与别人。

辑评

刘永济曰：此托宫怨之词也。前半阕言昔日之恩情，后半阕言今日幽怨，末句猜疑嫉妒之语也。（《唐五代两宋词简析》）

采桑子①

风微帘幕清明近，花落春残。尊酒留欢，添尽罗衣怯夜寒。　　愁颜恰似烧残烛,珠泪阑干②。也欲高拌③,争奈相逢情万般④。

注释

① 这首词描写一个女子面对爱情的矛盾心理。
② 阑干:纵横交织的样子。这里指泪流满面。
③ "也欲"句:意谓也想要狠心与情人一刀两断。高拌,远远地分开。拌,通"判",分开。
④ 争奈:即怎奈、无奈之意。

采桑子①

　　画堂昨夜愁无睡,风雨凄凄②。林鹊争栖,落尽灯花鸡未啼③。　　年光往事如流水,休说情迷。玉箸双垂④,只是金笼鹦鹉知。

注释

① 这首词抒写闺人孤独的情怀。
② 凄凄:形容寒凉。
③ 灯花:灯芯燃烧时结成的花状物。

采桑子（画堂昨夜愁无睡）

④ 玉箸(zhù)：原意是玉制的筷子，常用以比喻女子的眼泪。

辑评

孙人和曰：此殆《诗·郑风·风雨》之思乎？"愁无寐"者，忧思难眠也；"风雨凄凄"者，浊乱之世也；"林鹊争栖"者，小人当道也；"落尽灯花"者，国垂亡也；"鸡未啼"者，不见君子也；"年光往事如流水"者，前功尽弃也；"情迷"者，忠君之诚也；"玉箸双垂"者，志未遂而悲伤也；"只是金笼鹦鹉知"者，国人莫我知也。可谓自信而不疑也。（《阳春集校证》）

俞陛云曰："金笼鹦鹉"句慨同调之凋残。（《唐五代两宋词选释》）

陈秋帆曰：温庭筠喜用"金"、"玉"等字，如"手里金鹦鹉"、"画屏金鹧鸪"、"绿檀金凤凰"、"玉钗头上风"、"玉钩褰翠幕"、"玉炉香"、"玉连环"之类，西昆习尚。《阳春》亦善用之。此阕"玉箸双垂"、"金笼鹦鹉"即金玉并用。此例集中屡见。（《阳春集笺》）

采桑子①

寒蝉欲报三秋候②，寂静幽斋。叶落闲阶，月透帘栊远梦回。　　昭阳旧恨依前在③,休说当时。玉笛才吹,满袖猩猩血又垂④。

注释

① 这首词抒写失恋的情怀。
② "寒蝉"句:意谓寒蝉鸣叫,昭示着秋天来临。寒蝉,蝉的一种,又名寒蛰、寒蜩。三秋,秋有三月,故称秋天为"三秋"。
③ 昭阳:汉宫殿名,这里泛指皇宫。
④ 猩猩血:猩猩的血,常借指猩红色。这里指美人泪。

采桑子①

洞房深夜笙歌散②,帘幕重重。斜月朦胧,雨过残花落地红。　　昔年无限伤心事,依旧东风。独倚梧桐,闲想闲思到晓钟③。

注释

① 这首词抒写岁月流逝的怅惘。
② 洞房:指幽深的内室。
③ 晓钟:报晓的钟声。这里指天亮。

辑评

俞陛云曰：人当暮年感旧，每独自低回。……"闲想闲思"句，明知相思无益，而到晓难忘，盖情有不能自已者也。（《唐五代两宋词选释》）

采桑子①

花前失却游春侣，独自寻芳②。满目悲凉，纵有笙歌亦断肠③。　林间戏蝶帘间燕，各自双双。忍更思量④，绿树青苔半夕阳。

注释

① 这首词抒写失去情侣、形单影只的孤独情怀。
② "花前"二句：意谓花前游春失却伴侣的陪同，只能独自一人踏春寻芳。
③ "满目"二句：言满眼是凄凉的景色，纵有动听的笙歌相伴，亦令人愁肠欲断。
④ 忍更思量：不忍再仔细思量。

辑评

陈廷焯曰：缠绵沉着。（《词则·别调集》）

俞陛云曰：江左自周师南侵，朝政日非，延巳匡救无从，怅疆宇之日蹙，第六首"夕阳"句寄慨良深，不得以绮语目之。（《唐五代两宋词选释》）

唐圭璋曰：此首触景感怀，文字疏隽。上片，径写独游之悲，笙歌原来可乐，但以无人偕游，反增凄凉。下片，因见双蝶、双燕，又兴起己之孤独。"绿树"句，以景结，正应"满目悲凉"句。（《唐宋词简释》）

酒泉子①

庭下花飞，月照妆楼春事晚②。珠帘风，兰烛烬③，怨空闺。　　苕苕何处寄相思④，玉筯零零肠断⑤。屏帏深⑥，更漏永⑦，梦魂迷。

注释

① 这是一首闺怨之作。一说张先作。
② 妆楼：古代女子的居室。春事：即春色。
③ 烬：指烛花。
④ 苕(tiáo)苕：通"迢迢"，形容道路遥远。
⑤ 玉筯(zhù)：也作"玉箸"，原意是玉制的筷子，常用以比喻女

39

子的眼泪。零零:滴落之意。
⑥ 屏帏:即屏帐,犹言内室。
⑦ 永:漫长。

酒泉子①

云散更深,堂上孤灯阶下月。早梅香,残雪白,夜沉沉。　阑边偷唱击瑶簪②,前事总堪惆怅。寒风生,罗衣薄,万般心③。

注释

① 这首词抒写思妇的情怀。
② "阑边"句:在栏杆边用玉簪击打节拍暗暗地低声吟唱。
③ 万般心:犹言心绪万端,百感交集。

酒泉子①

庭树霜凋②,一夜愁人窗下睡。绣帏风,兰烛焰,梦遥遥。　　金笼鹦鹉怨长宵,笼畔玉筝弦断③。陇头云,桃源路④,两魂销。

注释

① 这首词写秋夜闺思。
② "庭树"句:庭中的树叶经过霜打后凋零。
③ 笼畔:笼旁。
④ "陇头"二句:这是思妇在猜测恋人的去处:是远在边塞,像陇头云一样飘荡呢,还是在桃源仙境中寻花问柳?陇头,即陇山的山头。陇山,位于甘肃天水附近,后多借指边关。桃源路,这里指通往美人住处的路。传说东汉时刘晨、阮肇入天台山采药迷路,遥望山上有一株桃树,于是攀藤附葛而上,吃了桃,下山取水,遇二仙女,与之结良缘。

辑评

陈秋帆曰:"玉筝弦断",本温诗"钿筝弦断雁行稀"。(《阳春集笺》)

酒泉子①

芳草长川②,柳映危桥桥下路③。归鸿飞,行人去,碧山边。　　风微烟澹雨萧然④,隔岸马嘶何处?九回肠⑤,双脸泪,夕阳天。

注释

① 这是一首送别之作。
② 长川:河边平坦地带。
③ 危桥:高桥。
④ 澹:通"淡"。萧然:指风雨声。
⑤ 九回肠:形容愁肠郁结。

酒泉子①

春色融融②,飞燕乍来莺未语③。小桃寒,垂杨晚④,玉楼空。　　天长烟远恨重重,消息燕鸿归去⑤。枕前灯,窗外月,闭朱栊⑥。

注释

① 这首词写春愁。
② 融融:和暖明媚状。
③ "飞燕"句:飞燕初来,黄莺未啼。这是写早春的景象。

④ 垂杨晚:言柳枝还未泛青。
⑤ "消息"句:谓燕鸿已经归去,无法传递音信。消息,音信。
⑥ 朱栊:朱红色的窗棂。这里代指窗子。

酒泉子^①

深院空帏^②,廊下风帘惊宿燕^③。香印灰,兰烛灺^④,觉来时^⑤。　　月明人自捣寒衣^⑥,刚爱无端惆怅^⑦。阶前行,阑畔立,欲鸡啼。

注释

① 这首词写闺妇思念征人。
② 帏:帐子。
③ 宿燕:歇宿的燕子。
④ 灺(xiè):灯烛余烬。
⑤ 觉来:醒来。
⑥ 捣寒衣:准备冬天御寒之衣。古代妇女在制作寒衣时,先要将布帛铺在平滑的砧板上,用木棒捶打使之柔软,这一过程称之为捣衣。捣衣多于秋夜进行,所以古人常以捣衣声表现思妇对远方亲人的怀念。

⑦ 刚爱:偏爱。

临江仙①

秣陵江上多离别②,雨晴芳草烟深。路遥人去马嘶沉。青帘斜挂③,新柳万枝金④。　　隔江何处吹横笛,沙头惊起双禽。徘徊一晌几般心⑤。天长烟远,凝恨独沾襟。

注释

① 这首词抒写送别的感伤。
② 秣陵:即金陵,今江苏南京。
③ 青帘:指酒旗,多以青布制成。
④ 万枝金:指柳条。
⑤ "徘徊"句:谓在离别之处来来回回,内心很不平静。一晌,犹言"一霎",形容时间之短。几般心,指心情有几多变化。

辑评

俞陛云曰:寻常离索之思,而能手作之,自有高浑之度。(《唐五代两宋词选释》)

临江仙①

冷红飘起桃花片②,青春意绪阑珊③。画楼帘幕卷轻寒。酒余人散后,独自凭阑干。　　夕阳千里连芳草,萋萋愁煞王孙④。徘徊飞尽碧天云。凤城何处⑤?明月照黄昏。

注释

① 这首词抒写词人宴散酒后的惆怅。
② 冷红:指轻寒时节的花。
③ 青春:春天。阑珊:衰残。
④ "萋萋"句:《楚辞·招隐士》:"王孙游兮不归,春草生兮萋萋。"萋萋,草木茂盛貌。王孙,古代贵族子弟的通称。
⑤ 凤城:即京城。

辑评

陈廷焯曰:意兼骚雅。(《词则·别调集》)

临江仙①

南园池馆花如雪,小塘春水涟漪。夕阳楼上绣帘垂。酒醒无寐②,独自倚阑时。　　绿杨风静凝闲恨,千言万语黄鹂。旧欢前事杳难追③。高唐暮雨④,空只觉相思。

注释

① 这首词写闺怨。
② "酒醒"句:酒醒后睡不着。
③ 杳:无影无声之意。这里指往事消失无踪。
④ 高唐暮雨:指男女欢会。宋玉《高唐赋》写楚王游高唐,在梦中与巫山神女相会,神女自称"旦为朝云,暮为行雨"。

清平乐①

深冬寒月,庭户凝霜雪。风雁过时魂断绝,塞管数声呜咽②。　　披衣独立披香,流苏乱结愁肠③。往事总堪惆怅④,前欢休更思量。

注释

① 这首词抒写一个失宠宫女的悲伤。
② 塞管:塞外胡乐器,以芦为首,竹为管,声音悲切。

③ "披衣"二句:谓披衣独立宫中,愁肠如凌乱的流苏。披香,汉宫殿名,后泛指宫殿。流苏,装饰在帐幕等上面下垂的穗状物。
④ 堪:令人。

清平乐①

雨晴烟晚,绿水新池满。双燕飞来垂柳院,小阁画帘高卷。　　黄昏独倚朱阑,西南新月眉弯。砌下落花风起②,罗衣特地春寒③。

注释

① 这首词抒写闺中人面对暮雨而生发的春愁。
② 砌下:台阶下。
③ 特地春寒:特别的春冷。

辑评

俞陛云曰:纯写春晚之景。"花落春寒"句论词则秀韵珊珊,窥词意或有忧谗自警之思乎?(《唐五代两宋词选释》)

唐圭璋曰:此首纯写景物,然景中见人,娇贵可思。初写雨

清平乐（雨晴烟晚）

后池满,是阁外远景;次写柳院燕归,是阁前近景。人在阁中闲眺,颇具萧散自在之致。下片,写倚阑看月,微露怅意。着末,写风振罗衣,芳心自警。通篇俱以景物烘托人情,写法极高妙。(《唐宋词简释》)

清平乐①

西园春早,夹径抽新草②。冰散漪澜生碧沼③,寒在梅花先老④。　　与君同饮金杯,饮余相取徘徊⑤。次第小桃将发⑥,轩车莫厌频来⑦。

注释

① 这首词写与友人饮酒赏春。
② 夹径:小路的两旁。
③ 冰散:冰面散开融化。漪澜:水波。沼:水池。
④ 老:凋谢。
⑤ "饮余"句:谓酒后携手,并肩漫步。
⑥ 次第:转眼间。
⑦ 轩车:有帷幕而前顶较高的车。这里是驾车的意思。莫厌:别感到厌烦。

辑评

丁寿田等曰：此词语淡而情意恳切，大有古诗风味。（《唐五代四大名家词》）

醉花间①

独立阶前星又月，帘栊偏皎洁②。霜树尽空枝，肠断丁香结③。　夜深寒不彻④，凝恨何曾歇⑤。凭阑干欲折⑥。两条玉箸为君垂⑦，此宵情，谁共说。

注释

① 这首词写闺妇月下怀人。
② 帘栊：帘幕。
③ 丁香结：指丁香含蕾不吐。古人常用以象征愁思郁结。
④ 彻：尽，完。
⑤ "凝恨"句：郁结的怨恨未曾间断。
⑥ "凭阑"句：言凭靠着栏杆以至栏杆都快折断。此乃极言凭栏凝思之久。
⑦ 玉箸(zhù)：玉制的筷子。古代常喻指女子的眼泪。

辑评

陈秋帆曰:《阳春》与《浣花词》合者多,此阕结句"此宵情,谁共说",即与《浣花集·应天长》"暗相思,无处说"同意。而与牛给事词亦有暗合者,如"肠断丁香结","两条玉箸为君垂",与牛词《感恩多》"自从南浦别,愁见丁香结","两条红粉泪,多少香闺意"情致绝相似。万红友云:"冯此词与他作,起结俱异。"(《阳春集笺》)

醉花间①

月落霜繁深院闭②,洞房人正睡③。桐树倚雕檐,金井临瑶砌④。　　晓风寒不甚⑤,独立成憔悴。闲愁浑未已⑥。人心情绪自无端,莫思量,休退悔⑦。

注释

① 这首词抒写闺中人的相思之苦。
② 霜繁:霜浓。
③ 洞房:幽深的内室。
④ 金井:井的美称。瑶砌:汉白玉的台阶。

⑤ 啻(chì):止。

⑥ 浑未已:没完没了。

⑦ "人心"三句:意谓人的情绪本来就是没来由的,不要放在心上,也不要去后悔。无端,没来由。退悔,后悔。

醉花间①

晴雪小园春未到②,池边梅自早。高树鹊衔巢③,斜月明寒草④。　山川风景好,自古金陵道⑤。少年看却老⑥。相逢莫厌醉金杯⑦,别离多,欢会少。

注释

① 这首词叙写久别相逢之情。

② 晴雪:雪后晴天。

③ 衔巢:衔草筑巢。

④ 明:照亮。寒草:枯草。

⑤ "山川"二句:意谓自古以来金陵一带的山川景色就很美,不应辜负此游。金陵道,泛指金陵(今江苏南京)周边地区。

⑥ "少年"句:谓人生短暂,少年看着看着就老了。这一句承接

"山川"二句,有山川永恒而人生短暂之意。
⑦ 莫厌:莫辞。

辑评

王国维曰:正中词除《鹊踏枝》《菩萨蛮》十数阕最煊赫外,如《醉花间》之"高树鹊衔巢,斜月明寒草",余谓韦苏州之"流萤渡高阁"、孟襄阳之"疏雨滴梧桐"不能过也。(《人间词话》)

醉花间①

林雀归栖撩乱语②,阶前还日暮。屏掩画堂深,帘卷萧萧雨③。　　玉人何处去④,鹊喜浑无据⑤。双眉愁几许。漏声看却夜将阑⑥,点寒灯,扃绣户⑦。

注释

① 这首词描写少妇怀人的凄楚。
② "林雀"句:言林雀归栖的叫声纷乱。
③ 萧萧:雨声。
④ 玉人:指情人、情郎。

⑤ "鹊喜"句:民间有灵鹊报喜的传说。这里反用其意,说喜鹊报喜完全没有凭据,表明情郎并未归来。
⑥ "漏声"句:谓在漏壶的滴水声声中,一直待到夜深。
⑦ 扃(jiōng):关闭。

应天长①

石城山下桃花绽②,宿雨初收云未散③。南去棹④,北归雁。水阔天遥肠欲断。　　倚楼情绪懒,惆怅春心无限⑤。忍泪蒹葭风晚⑥,欲归愁满面。

注释

① 这首词抒写相思之苦。一说欧阳修作。
② 石城:石头城,即今江苏南京。战国时称金陵城,三国时吴国孙权重筑,改名石头城。
③ 宿雨:夜雨。
④ 棹:船桨。这里代指船。
⑤ 春心:这里指男女之间互相爱慕的情怀。
⑥ 蒹葭:芦苇。《诗经·秦风·蒹葭》:"蒹葭苍苍,白露为霜;所谓伊人,在水一方。"

应天长①

朱颜日日惊憔悴②,多少离愁谁得会③?人事改,空追悔。枕上夜长只如岁④。　　红绡三尺泪⑤,双结解时心醉⑥。魂梦万重云水⑦,觉来还不睡。

注释

① 这是一首伤离之作。
② 朱颜:红润娇嫩的容颜。
③ 谁得会:谁能理解。
④ 只如岁:就如度过一年。
⑤ 红绡:红色薄绸。这里指手帕。
⑥ 双结解时:谓解开系有同心结的罗带。心醉:这里指心中痛苦难受。
⑦ "魂梦"句:意谓梦中与相隔千山万水的情人相会。

应天长①

石城花落江楼雨②,云隔长洲兰芷暮③。芳草岸,和烟雾,谁在绿杨深处住?　　旧游时事故④,

岁晚离人何处？杳杳兰舟西去⑤，魂归巫峡路⑥。

注释

① 这首词忆写往日情事。
② 石城：即石头城，即今江苏南京。
③ 长洲：水中长形陆地。兰芷：兰草与白芷，皆香草。
④ "旧游"句：旧时同游的情事已相隔久远。
⑤ 杳杳：悠远貌。
⑥ "魂归"句：意谓在梦中与爱人相聚。巫峡，指男女幽会之事。宋玉《高唐赋》中载有楚王游高唐，与巫山神女相会的故事。

应天长①

当时心事偷相许，宴罢兰堂肠断处②。挑银灯，扃珠户③，绣被微寒值秋雨④。　　枕前和泪语⑤，惊觉玉笼鹦鹉⑥。一夜万般情绪，朦胧天欲曙。

注释

① 这首词抒写失恋的心情。
② "当时"二句：谓当时在酒筵上芳心暗许，宴罢后与心上人在

兰堂难舍难分,几欲肝肠寸断。
③ 扃(jiōng):关闭。珠户:珠饰的门户。这里指闺房。
④ 值:正逢,遇到。
⑤ 和泪语:含着眼泪自言自语。
⑥ 惊觉:惊醒。

应天长①

兰舟一宿还归去②,底死谩生留不住③。枕前语,记得否?说尽从来两心素④。　　同心牢结取,切莫等闲相许⑤。后会不知何处,双栖人莫妒⑥。

注释

① 这首词写女子对临别情人的嘱咐。
② 兰舟:画船的美称。一宿:一夜。
③ 底死谩生:竭尽全力。
④ "说尽"句:说好从此两心相印。素,通"愫",真情。
⑤ "同心"二句:谓同心结要牢系,可千万不要随便允诺别的女子。等闲,轻易。
⑥ "双栖"句:系想象今后的相会。

谒金门①

圣明世②,独折一枝丹桂③。学着荷衣还可喜④,春狂不啻春⑤。　　年少都来有几⑥?自古闲愁无际。满盏劝君休惜醉,愿君千万岁。

注释

① 此词系贺友人科举及第。
② 圣明世:昌明盛世。
③ 丹桂:桂树的一种。旧时称科举中第为"折桂"。
④ 荷衣:这里指旧时中进士后所穿的绿袍。
⑤ "春狂"句:意谓并不仅仅是因为春天来临而兴奋发狂。不啻,不仅。
⑥ "年少"句:年少时光总共算来有多长呢?

谒金门①

杨柳陌,宝马嘶空无迹②。新着荷衣人未识,年年江海客③。　　梦觉巫山春色④,醉眼花飞狼藉⑤。起舞不辞无气力,爱君吹玉笛⑥。

注释

① 这首词抒写一个少女对美少年的爱慕之情。

② "杨柳"二句:在杨柳依依的路上,那人骑着骏马飞奔而来,才听到嘶叫声,转眼已没有了踪迹。嘶空无迹,形容马跑得飞快。

③ "新着"二句:谓以前是个放情江海的闲散之人,如今进士及第,身着荷衣,令人不敢相认。荷衣,见上一首词注④。江海客,放情江海之人。

④ 巫山:暗用宋玉《高唐赋》中楚王游高唐,在梦中与巫山神女欢会的故事。

⑤ 狼藉:散乱不整。

⑥ "起舞"二句:只因喜欢听你清脆的玉笛声,即使娇慵无力也会翩翩起舞。辞,推辞。

谒金门①

风乍起②,吹皱一池春水。闲引鸳鸯香径里,手挼红杏蕊③。　　斗鸭阑干独倚④,碧玉搔头斜坠⑤。终日望君君不至,举头闻鹊喜⑥。

谒金门（风乍起）

注释

① 这首词写一位贵妇因丈夫不在身边而过着无聊的生活。
② 乍起:忽然而起。
③ "闲引"二句:在散发着花草香的小路上,她漫不经心地逗引着鸳鸯,手里搓揉着杏蕊。挼(ruó),搓揉。
④ "斗鸭"句:独自靠在栏杆旁观看鸭子相斗。斗鸭,古代江南有斗鸭的游戏。
⑤ 搔头:即玉簪,因可以搔头痒,故名。坠:下垂。
⑥ "举头"句:古人以闻鹊声为喜兆,所以有灵鹊报喜的说法。

辑评

沈际飞曰:闻鹊报喜,须知喜中还有疑在,无非望泽希宠之心,而语自清隽。(《草堂诗余正集》)

王闿运曰:言情之始,故其来无端。(《湘绮楼词选》)

陈廷焯曰:"手挼红杏蕊",所谓无情处都有情也。触处生情,其妙不可思议。只一"闲"字,可知本自无情,以触物而生情也,即少伯"少妇不知愁"之意。曰"终日望君",忽曰"君不至",便觉扫兴矣;下忽接"举头闻鹊喜"五字,只此便住,其词若离若合,一时柔情蜜意如见。(《云韶集》) 又曰:结二语若离若合,密意痴情,宛转如见。(《词则·闲情集》)

俞陛云曰:"风乍起"二句破空而来,在有意无意间,如絮浮水,似沾非著,宜后主盛加称赏。此在南唐全盛时作。"喜闻鹊

报"及"为君起舞"句殆有束带弹冠之庆及效忠尽瘁之思也。(《唐五代两宋词选释》)

刘永济曰:此闺情词也。上半阕写一闺人行于池旁芳径中,且行且以红杏花蕊抛入水中,引鸳鸯为戏。下半阕写其行至斗鸭栏边,忽闻鹊噪,举头而听,不觉搔头坠地。盖鹊能报喜,因思行人或将归来也。全首如观电影之活动镜头,闺中少妇之行动、情思、态度,历历呈现,极其生动。(《唐五代词两宋词简析》)

虞美人①

画堂新霁情萧索②,深夜垂珠箔③。洞房人睡月婵娟④,梧桐双影上朱轩⑤,立阶前。　高楼何处连宵宴,塞管吹幽怨⑥。一声已断别离心,旧欢抛弃杳难寻⑦,恨沉沉。

注释

① 这首词抒写一个被抛弃女子的愁恨。
② 新霁:雨后初晴。
③ 珠箔(bó):珠帘。
④ 婵娟:形容月色明媚。

⑤ 朱轩:红色的窗槛。
⑥ "高楼"二句:谓远处高楼上传来夜宴的欢声笑语,又不知何处飘来哀怨的笛声。塞管,塞外胡乐器。
⑦ "旧欢"句:以前的欢爱被抛弃得不见踪影。

辑评

陈秋帆曰:"旧欢抛弃杳难寻",与《临江仙》"前事杳难追"同一感喟。(《阳春集笺》)

虞美人①

碧波帘幕垂朱户,帘下莺莺语②。薄罗衣旧泣青春③,野花芳草逐年新,事难论④。 凤笙何处高楼月,幽怨凭谁说。须臾残照上梧桐⑤,一时弹泪与东风,恨重重。

注释

① 这首词抒写闺中少妇的幽恨。
② "碧波"二句:谓绣房中珠帘低垂,帘下黄莺低唱,窗外池水碧波荡漾。朱户,指富贵人家。此处景色之优美,与下片女主

人公情绪之低落相对照。

③ "薄罗"句:言女主人公身着薄薄的旧罗衣,为青春之逝而泣。

④ 事难论:这里是指以后的情事渺茫。

⑤ 须臾:一会儿,片刻。残照:指残月。

辑评

陈秋帆曰:此阕似别有悲凉滋味,《阳春》类此者多。蒿庵所谓"《黍离》《麦秀》,周遗所伤;美人香草,楚累所托"者非欤?(《阳春集笺》)

虞美人①

玉钩鸾柱调鹦鹉,宛转留春语②。云屏冷落画堂空③,薄晚春寒无奈落花风④。　　搴帘燕子低飞去⑤,拂镜尘鸾舞⑥。不知今夜月眉弯,谁佩同心双结倚阑干⑦?

注释

① 这首词描写少妇寂寞的心境。

② "玉钩"二句:谓女主人公调弄着鹦鹉架上的鹦鹉,教它说惜

春留春的话语。玉钩鸾柱,挂钩和鹦鹉架。玉、鸾极言鹦鹉架之华美。调,驯服,训练。宛转,形容声音抑扬动听。

③ 云屏:云母制成的屏风。

④ 薄晚:傍晚。

⑤ 搴(qiān):撩起。

⑥ "拂镜"句:这句表明女主人公无心梳妆,已很长时间没用鸾镜了。

⑦ 同心双结:即两重同心结,以示双心相爱。

辑评

陈廷焯曰:风神蕴藉,自是正中本色。(《词则·闲情集》)

刘永济曰:此亦妒词也,而托之闺情。上半阕言所居之凄寂,下半阕以帘燕、镜鸾,形其孤单。末二句则猜疑之词也。(《唐五代两宋词简析》)

虞美人①

春山淡淡横秋水,掩映遥相对②。只知长作碧窗期,谁信东风吹散彩云飞③。　　银屏梦与飞鸾远④,只有珠帘卷。杨花零落月溶溶⑤,尘掩玉筝弦柱画堂空。

注释

① 这首词抒写失去情侣的悲哀。
② "春山"二句:言二人眉目传情,暗送秋波。春山淡淡,形容女子的眉色淡薄。因春天山色黛青,故古人常以春山喻女子眉。秋水,指眼波。
③ "只知"二句:意谓一心只想要在碧窗下长相厮守,谁知那无情的东风吹来,爱情就如彩云般消散无踪。彩云飞,比喻离人。李白《宫中行乐词》:"只愁歌舞散,化作彩云飞。"
④ 银屏:银饰的屏风。鸾:传说中的神鸟,通常代指情侣。
⑤ 溶溶:形容月光荡漾。

辑评

俞陛云曰:方长坐相期,而彩云已散,明知梦远银屏,而尚卷帘凝望,何以自堪!结句凄韵欲绝。(《唐五代两宋词选释》)

春光好①

雾蒙蒙,风淅淅②,杨柳带疏烟。飘飘轻絮满南园,墙下草芊绵③。　燕初飞,莺已老,拂面春风长好。相逢携酒且高歌,人生得几何?

注释

① 这首词抒写友人相逢的喜悦。
② 淅(xī)淅:象声词,形容风声。
③ 芊绵:草木茂盛貌。

舞春风①

严妆才罢怨春风②,粉墙画壁宋家东③。蕙兰有恨枝犹绿④,桃李无言花自红。　燕燕巢时帘幕卷,莺莺啼处凤楼空。少年薄幸知何处?每夜归来春梦中⑤。

注释

① 这首词写闺阁思妇的伤怀。
② 严妆:浓丽的打扮。
③ 粉墙:白墙。画壁:绘有图画的墙壁。宋家东:宋玉在《登徒子好色赋》中曾描写一个住在东邻的美貌女子。这里代指美

67

貌的少女。
④ 蕙兰:植物名,多喻指芳洁纯美的女子。
⑤ "少年"二句:意谓那薄情人不知在何处风流,每夜都在我的梦境中才归来。薄幸,薄情,负心。

归国遥①

何处笛,终夜梦魂情脉脉②,竹风檐雨寒窗隔。离人数岁无消息。今头白,不眠特地重相忆③。

注释

① 这是一首雨夜怀人词。
② "终夜"句:意谓整夜魂牵梦绕地思念爱人。脉(mò)脉,含情深厚的样子。
③ 特地:特意,特为。

辑评

陈廷焯曰:紧峭。(《词则·别调集》)

俞陛云曰:挥毫直书,不用回折之笔,而情意自见。格高气盛,嗣响唐贤。(《唐五代两宋词选释》)

归国遥[1]

春艳艳[2],江上晚山三四点,柳丝如剪花如染。

香闺寂寂门半掩[3]。愁眉敛[4],泪珠滴破胭脂脸。

注释

① 这首词写闺中女子伤春的情怀。
② 艳艳:明媚鲜艳。
③ 寂寂:孤单,冷落。
④ 敛:收紧。

辑评

　　陈秋帆曰:"愁眉敛,泪珠滴破胭脂脸",与韦庄"恨重重,泪界莲腮两线红"同一风韵,较后主"多少泪,断脸复横颐"为隽。(《阳春集笺》)

归国遥[1]

寒水碧,江上何人吹玉笛,扁舟远送潇湘客[2]。

芦花千里霜月白。伤行色③,来朝便是关山隔④。

注释

① 这首词写江上送别。
② 潇湘客:到潇湘那边去的人。潇湘,潇水和湘水,在今湖南境内。
③ 行色:离别之际的气氛。
④ 来朝:明天早晨。

辑评

马令曰:(冯延巳)著乐章百余阕,其《鹤冲天》词云:"晓日坠(词略)。"又《归国谣》词云:"江水碧(词略)。"见称于世。(《南唐书》)

陈廷焯曰:句句有骨,不同泛写。结得苍凉。(《云韶集》)

南乡子①

细雨湿流光②,芳草年年与恨长。烟锁凤楼无限事③,茫茫,鸾镜鸳衾两断肠④。　　魂梦任悠扬,

南乡子（细雨湿流光）

睡起杨花满绣床。薄幸不来门半掩⑤,斜阳,负你残春泪几行⑥。

注释

① 这首词抒写思妇的怨恨。

② "细雨"句:细雨洒在芳草上,微风吹过,草上闪动着白光。

③ 烟锁凤楼:烟雾弥漫,笼罩妆楼。凤楼,此乃泛指女子的妆楼。

④ "鸾镜"句:无论是对鸾镜梳妆还是拥鸳衾独卧,无不伤怀。鸾镜,饰有鸾鸟图案的妆镜。鸳衾,绣有鸳鸯的锦被。

⑤ 薄幸:犹薄情。这里指薄情郎。

⑥ 负你残春:在思念中辜负了春光。

辑评

俞陛云曰:起二句情景并美。下阕梦与杨花迷离一片。结句何幽怨乃尔!(《唐五代两宋词选释》)

王国维曰:人知和靖《点绛唇》、圣俞《苏幕遮》、永叔《少年游》三阕,为咏春草绝调,不知先有正中"细雨湿流光"五字,皆能摄春草之魂者也。(《人间词话》)

刘永济曰:此亦托为闺情以自抒己怨望之情。观"烟锁"句,所谓"无限事",所谓"茫茫",言外必有具体事在,特未明言耳。"鸾镜"指朝朝,"鸳衾"指夜夜,此言朝朝夜夜思之断肠也。后半阕即就闺思描写怨望之情事,"杨花满绣床",是一片迷离景象,与"悠扬"之"魂梦"正相合,亦即前半"茫茫"二字之意,总之皆写心事之纷纭复杂也。末句则无可奈何之词,写得幽怨动人,与和凝、欧阳炯之纯作艳情词不同,不可并论。(《唐五代两宋词简析》)

南乡子①

细雨泣秋风,金凤花残满地红②。闲蹙黛眉慵不语③,情绪④,寂寞相思知几许。

注释

① 这首词抒写少妇的秋思。
② 金凤:凤仙花的别称。
③ 蹙:皱。黛眉:特指女子之眉。黛,青黑色的颜料,古代女子常用来画眉。
④ 情绪:指情思,缠绵的情意。

辑评

陈廷焯曰:是深秋景况。(《词则·别调集》)

南乡子①

玉枕拥孤衾,挹恨还同岁月深②。帘卷曲房谁共醉③?憔悴,惆怅秦楼弹粉泪④。

注释

① 这首词抒写女子深闺的孤寂。
② "挹恨"句:谓压抑的怨恨同岁月一样深厚。挹(yì),通"抑",抑制。
③ 曲房:内室。这里指女子的卧室。
④ 秦楼:秦穆公为其女弄玉所建之楼。这里泛指女子的闺楼。粉泪:女子的眼泪。

长命女①

春日宴,绿酒一杯歌一遍②,再拜陈三愿:一愿郎君千岁,二愿妾身常健③,三愿如同梁上燕,岁岁长相见。

注释

① 这是一首祝酒词,饶有民歌风味。

② 绿酒:美酒。

③ 妾身:旧时女子对自己的谦称。

辑评

吴曾曰:南唐宰相冯延巳有乐府一章,名《长命女》云(词略)。其后有以其词悉改为《雨中花》云:"我有五重深深愿,第一愿且图久远。二愿恰如雕栏双燕,岁岁得长相见。　三愿薄情相顾恋,第四愿永不分散。五愿奴哥收因结果,做个大宅院。"味冯公之词典雅丰容,虽置在古乐府,可以无愧。一遭俗子窜易,不惟句意重复,而鄙恶甚矣。(《能改斋漫录》)

沈雄曰:留为章法,词则俚鄙。(《古今词话·词辨》)

喜迁莺①

宿莺啼,乡梦断,春树晓朦胧。残灯和烬闭朱栊②,人语隔屏风。　香已寒,灯已绝,忽忆去年离别。石城花雨倚江楼,波上木兰舟③。

注释

① 这是一首思乡怀人词。

② 烬:灯花燃成的余烬。朱栊:红色的窗户。
③ "石城"二句:乃忆想中去年离别的情景。石城,即石头城,今江苏南京。

辑评

陈廷焯曰:恍惚得妙。(《词则·大雅集》)

唐圭璋曰:此首写晓来梦觉之所思。上片点景。起三句,言啼莺惊梦,帘外树色朦胧未辨。"残灯"两句,写帘内之残灯、残香犹在,人语分明。下片,言灯绝香寒之际,忽忆去年故乡送别之情景,宛然在目,故不禁凄动于中。(《唐宋词简释》)

芳草渡①

梧桐落,蓼花秋②。烟初冷,雨才收。萧条风物正堪愁③。人去后,多少恨,在心头。　　燕鸿远,羌笛怨④,渺渺澄江一片。山如黛⑤,月如钩。笙歌散,魂梦断,倚高楼。

注释

① 这首词抒写悲秋的情怀。

② 蓼(liǎo)花：一种生长在水边或水中的植物。

③ 萧条风物：景物冷落。

④ 羌笛：这里指笛声。

⑤ 黛：青黑色。

辑评

沈际飞曰：悲促之音像花间《三字令》。(《草堂诗余别集》)

陈廷焯曰：凄秀。短句有一气相生之乐，直是化境。(《云韶集》)　又曰：语短韵长，音节绵邈。(《词则·别调集》)

陈秋帆曰："多少恨，在心头"与李煜"别是一番滋味在心头"，同一凄惋。(《阳春集笺》)

更漏子①

金剪刀，青丝发，香墨蛮笺亲札②。和粉泪，一时封③，此情千万重。　垂蓬鬓，尘青镜④，已分今生薄命⑤。将远恨⑥，上高楼，寒江天外流。

注释

① 这首词抒写女子的离情。

② "金剪刀"三句：谓用剪刀剪下黑发，与亲笔写给思念之人的信笺放置在一起。香墨，带香味的墨。蛮笺，唐时高丽纸的别称，亦指蜀地所产的彩色笺纸。札，信件。
③ "和粉泪"二句：连同泪水，一并封好。
④ "垂蓬鬓"二句：头发蓬乱，妆镜蒙尘。
⑤ 分(fèn)：料想。这里有自甘认命之意。
⑥ 将：持，带着。

更漏子①

秋水平，黄叶晚，落日渡头云散。卷珠箔②，挂金钩③，暮潮人倚楼。　　欢娱地，思前事，歌罢不胜沉醉④。消息远，梦魂狂，酒醒空断肠。

注释

① 这是一首闺怨词。
② 珠箔：珠帘。
③ 金钩：这里指挂窗帘的金属钩。
④ "歌罢"句：系忆想往日醉歌的场景。

更漏子①

　　风带寒,秋正好,兰蕙无端先老②。云杳杳③,树依依④,离人殊未归⑤。　　搴罗幕⑥,凭朱阁⑦,不独堪悲寥落⑧。月东出,雁南飞。谁家夜捣衣⑨?

注释

① 这首词写闺妇思念远人。一说欧阳修作。
② "兰蕙"句:这句以兰蕙先老,暗示自己红颜已衰。兰蕙,兰和蕙,皆香草。无端,无奈。
③ 杳杳:悠远貌。
④ 依依:形容树枝柔弱,随风飘摆。
⑤ 殊:仍,还。
⑥ 搴(qiān):撩起。
⑦ 凭:倚靠着。
⑧ "不独"句:谓不单单是为景物冷清而悲。寥落,冷落,冷清。
⑨ 捣衣:见本书《酒泉子》(深院空帏)注⑤。

更漏子①

　　雁孤飞,人独坐,看却一秋空过②。瑶草短③,

菊花残,萧条渐向寒④。　　帘幕里,青苔地⑤,谁信闲愁如醉。星移后,月圆时,风摇夜合枝⑥。

注释

① 这首词以萧条之景写离索之情。
② "看却"句:眼看又白白地消磨了一整个秋天。
③ 瑶草:传说中的仙草。这里指秋草。
④ 萧条:寂寞,冷落。
⑤ 青苔地:以地上长满青苔表示久无人至。
⑥ 夜合:即夜合花,又叫合欢花。

辑评

俞陛云曰:三首(指"金剪刀"、"风带寒"、"雁孤飞"三首)结句皆善用萧索之景,寓怅怏之怀,令人揽撷不尽。(《唐五代两宋词选释》)

更漏子①

夜初长,人近别,梦断一窗残月②。鹦鹉睡,蟋蟀鸣③,西风寒未成。　　红蜡烛,半棋局,床上画屏山绿④。搴绣幌⑤,倚瑶琴⑥,前欢泪满襟⑦。

注释

① 这首词抒写闺妇独眠之愁。
② 梦断:梦醒。
③ 蟪蛄(huì gū):亦称"伏天儿",一种小蝉,夏秋时鸣。
④ 画屏:有画饰的屏风。
⑤ 搴:撩起。绣幌:缀有花纹的帐幔。
⑥ 瑶琴:琴的美称。瑶,美玉。
⑦ 前欢:这里指往日的欢情。

抛球乐①

酒罢歌余兴未阑②,小桥秋水共盘桓③。波摇梅蕊当心白④,风入罗衣贴体寒。且莫思归去,须尽笙歌此夕欢。

注释

① 这首词抒写词人宴散之后未尽的意兴。
② 阑:尽,完。

③ 盘桓:逗留之意。
④ "波摇"句:意谓梅花倒映在水波中,摇荡出一片光影。

抛球乐①

逐胜归来雨未晴②,楼前风重草烟轻③。谷莺语软花边过④,水调声长醉里听⑤。款举金觥劝⑥,谁是当年最有情?

注释
① 这是一首赏春之作。
② 逐胜:追逐胜景。
③ 风重草烟轻:劲风驱散了笼罩在草地上的烟霭。
④ 谷莺:黄莺。语软:鸣叫声娇柔悦耳。
⑤ 水调:曲调名,相传为隋炀帝杨广所制。
⑥ 金觥(gōng):酒杯的美称。

抛球乐①

梅落新春入后庭②,眼前风物可无情③?曲池波晚冰还合,芳草迎船绿未成。且上高楼望,相共凭栏看月生。

注释

① 这首词描写新春情景。
② 后庭:后院。
③ 风物:风景。

辑评

陈廷焯曰:"入"字妙。"芳草"七字,秀炼有余味。对句稍逊。(《词则·别调集》)

抛球乐①

年少王孙有俊才②,登高欢醉夜忘回。歌阑赏尽珊瑚树,情厚重斟琥珀杯③。但愿千千岁,金菊年年秋解开④。

注释

① 这首词写秋日欢饮。

② 王孙:古代贵族子弟的通称。这里用来指席上之人,也用来尊称一般青年。俊才:卓越的才能。
③ 珊瑚树、琥珀杯:均是精美贵重之物。
④ 解开:开放。

抛球乐①

霜积秋山万树红,倚岩楼上挂朱栊②。白云天远重重恨,黄草烟深淅淅风③。仿佛梁州曲④,吹在谁家玉笛中?

注释

① 这首词抒写秋日情思。
② 朱栊:朱红色的窗子。
③ 烟深:烟霭迷蒙。淅淅:象声词,形容风声。
④ 仿佛:隐隐约约。梁州曲:唐舞曲名,来自西北。

辑评

陈廷焯曰:起句恣肆。"白云"十四字颇近中唐名句。(《词则·别调集》)

抛球乐[1]

莫厌登高白玉杯[2],茱萸微绽菊花开。池塘水冷鸳鸯起,帘幕烟寒翡翠来[3]。重待烧红烛,留取笙歌莫放回[4]。

注释

[1] 这首词写重阳节登高欢宴。
[2] 厌:通"餍",饱,满足。这里是推辞的意思。登高:古人在重阳节有佩茱萸登高的习俗。
[3] 翡翠:这里指一种翠鸟。赤而雄曰翡,青而雌曰翠。
[4] "重待"二句:言天晚点上红烛,继续欢宴。

抛球乐[1]

尽日登高兴未残,红楼人散独盘桓[2]。一钩冷雾悬珠箔[3],满面西风凭玉阑[4]。归去须沉醉,小院新池月乍寒。

注释

[1] 这首词描写宴散人归的情景。一说和凝作。

② 盘桓:徘徊,逗留。
③ "一钩"句:一钩珠帘笼罩在寒雾中。珠箔,即珠帘。
④ 凭玉阑:凭靠着白玉栏杆。

抛球乐①

坐对高楼千万山,雁飞秋色满阑干。烧残红烛暮云合②,飘尽碧梧金井寒③。咫尺人千里④,犹忆笙歌昨夜欢。

注释

① 这首词抒写欢宴过后的孤寂情怀。
② "烧残"句:形容晚霞如同烧残的红烛。
③ 金井:井的美称。
④ "咫尺"句:谓意中人虽近在咫尺,却像远隔千里,难以相见。咫尺,形容距离近。周制以八寸为咫,合今制六寸二分二厘。

辑评

陈廷焯曰:炼句炼字,拗一字,更觉宫商一片。(《词则·别调集》)

抛球乐（坐对高楼千万山）

俞陛云曰：(此调)前三首(指"酒罢歌余"、"逐胜归来"、"梅落新春"三首)听歌对月，纪欢娱之情；后三首(指"霜积秋山"、"尽日登高"、"坐对高楼"三首)人散酒阑，写离索之感，能于劲气直达中含情寄慨，故不嫌其坦直。此五代气格之高也。(《唐五代两宋词选释》)

鹤冲天①

晓月坠，宿云披②，银烛锦屏帏③。建章钟动玉绳低④，宫漏出花迟⑤。　　春态浅⑥，来双燕，红日初长一线⑦。严妆欲罢啭黄鹂⑧，飞上万年枝⑨。

注释

① 此词写宫女晨起。一说和凝作。
② 宿云披：夜晚的云气已经散去。
③ "银烛"句：谓蜡烛照着锦帐。
④ 建章：即建章宫，汉代长安宫殿名，后泛指宫阙。钟动：钟声响。玉绳低：言已将黎明。玉绳，星名。北斗星第五星名玉衡，玉衡北面的两颗星为玉绳。
⑤ 出花迟：指宫漏滴水缓慢。花，滴漏溅出的水花。

⑥ 春态浅:指春色还浅,春意未浓。

⑦ "红日"句:言太阳还在地平线上。

⑧ 严妆:精心梳妆打扮。

⑨ 万年枝:树名,即冬青树。

辑评

马令曰:冯延巳著乐章百余阕,其《鹤冲天》词云(略),又《归国谣》云:"江水碧(略)"见称于世。(《南唐书》)

吴曾曰:韩子苍《题御画鹊扇》诗云:"君王妙画出神机,弱羽争巢并语时。天上飞来两�鹊,一双飞上万年枝。"盖用冯延巳乐府也。(《能改斋漫录》)

陈秋帆曰:周介存以毛嫱西施评温韦词:飞卿严妆,端己淡妆。余谓阳春淡妆也,然类此诸阕,又是严妆。延巳洵淡妆浓抹,无施不宜矣。(《阳春集笺》)

醉桃源①

南园春半踏青时②,风和闻马嘶③。青梅如豆柳如眉,日长蝴蝶飞。　花露重,草烟低,人家帘幕垂。秋千慵困解罗衣④,画梁双燕栖⑤。

注释

① 这首词描写少女游春。一说欧阳修作。
② 南园：泛指园林。踏青：春日郊游。我国古时寒食、清明节出城郊游称踏青。
③ "风和"句：和煦的春风中传来马的嘶鸣声。
④ 秋千慵困：打完秋千后感到困倦。
⑤ 画梁：有彩绘装饰的屋梁。

辑评

沈际飞曰：景物闲远。 又曰：帘垂则燕栖，栖则在梁，妥甚。（《草堂诗余别集》）

黄苏曰：是人是物，无非化日舒长之景。望而知为治世之音，词家胜象。（《蓼园词评》）

俞陛云曰：先写春早之景，后言春昼之人，但言日长人倦。"秋千"二句不着欢愁，风情自见。（《唐五代两宋词选释》）

醉桃源①

角声吹断陇梅枝②，孤窗月影低。塞鸿无限欲惊飞③，城乌休夜啼。　　寻断梦，掩香闺，行人去路迷。门前杨柳绿阴齐,何时闻马嘶?

注释

① 这首词写闺中人思念戍边的丈夫。一说欧阳修作。
② 角声:指古代军中的号角声。陇:古地名,今甘肃东部。
③ 塞鸿:边塞的鸿雁。

辑评

陈廷焯曰:托物见意。(《词则·别调集》)

菩萨蛮①

金波远逐行云去②,疏星时作银河渡③。花影卧秋千,更长人不眠。　　玉筝弹未彻④,凤髻鸾钗脱⑤。忆梦翠蛾低⑥,微风凉绣衣。

注释

① 这首词描写闺中人月夜孤眠的情景。
② 金波:月光。这里借指月亮。行云:流动的云。
③ "疏星"句:这句暗用牵牛星与织女星七夕渡河相会的故事。

④ 彻：结束。

⑤ 凤髻：古代的一种发型。鸾钗：鸾形的钗子。

⑥ 翠蛾低：即眉毛低垂，多形容女子愁苦的样子。翠蛾，女子细而长的黛眉。

辑评

俞陛云曰：上阕仅言清夜无眠，下阕仅言手倦妆慵，到结句始言回忆梦中情景。至风吹绣衣而不觉，可见低眉愁思之深且久也。（《唐五代两宋词选释》）

菩萨蛮①

画堂昨夜西风过②，绣帘时拂朱门锁。惊梦不成云③，双蛾枕上颦④。　　金炉烟袅袅⑤，烛暗纱窗晓。残月尚弯环，玉筝和泪弹。

注释

① 这首词抒写秋夜闺怨。

② 西风：秋风。

③ "惊梦"句：意谓梦中也不能与恋人相聚。这里暗用宋玉《高

唐赋》中楚王在梦中与巫山神女相会的故事。

④ 双蛾:指双眉。蚕蛾的触须长而弯曲,故称。颦:皱眉。

⑤ 金炉:香炉的美称。

辑评

陈廷焯曰:("残月"二句)极凄婉之致。(《白雨斋词话》)

俞陛云曰:梨云入梦,诗词恒用之。此词不言梦醒,而言"梦不成云",造句颇新。词中言颦眉,类皆花前月下、镜里窗前,此言枕上颦眉者,因追想梦情,故愁生枕上也。(《唐五代两宋词选释》)

邵祖平曰:西风夜起,朱门鱼籥拂动,初疑为薄幸人来,继审其误;乃此一声,徒惊高唐之梦,不成一晌之欢,醒觉时双蛾不禁为之颦蹙;此美人望幸之意,人臣欲得君之切也。残月弓弯,弹筝含泣,则"不惜歌者苦,但伤知音稀"之旨也。(《词心笺评》)

菩萨蛮①

梅花吹入谁家笛②,行云半夜凝空碧③。欹枕不成眠④,关山人未还。　　声随幽怨绝⑤,云断澄霜月⑥。月影下重檐,轻风花满帘。

注释

① 这首词写思妇闻笛怀人。
② 梅花:指笛曲《梅花落》。
③ 行云:流动的云。冯词中常用以比喻在外游荡、漂泊的男子。
④ 欹(qī):斜靠。
⑤ "声随"句:言幽怨的笛声消失了。
⑥ "云断"句:犹言云散月明。霜月,寒夜的月亮。

辑评

俞陛云曰:通首言闻笛怀人,寻常蹊径也。末二句以轻笔写幽情,便觉情思悠然。(《唐五代两宋词选释》)

菩萨蛮①

回廊远砌生秋草②,梦魂千里青门道③。鹦鹉怨长更,碧笼金锁横④。　　罗帏中夜起⑤,霜月清如水。玉露不成圆⑥,宝筝悲断弦⑦。

注释

① 这是一首思妇念远之作。

② 回廊:回环的走廊。远砌:远处台阶。
③ 青门:汉时长安城门之一,因其色青,故称。这里代指京城。
④ "鹦鹉"二句:以鹦鹉自况。长更,犹长夜。
⑤ 罗帏:罗帐。
⑥ 玉露:秋露。
⑦ "宝筝"句:言弹筝抒发悲哀之情,将筝弦弹断了。

菩萨蛮①

娇鬟堆枕钗横凤②,溶溶春水杨花梦③。红烛泪阑干④,翠屏烟浪寒⑤。　　锦壶催画箭⑥,玉佩天涯远⑦。和泪试严妆⑧,落梅飞晓霜。

注释

① 这首词抒写闺妇春夜怀人的哀伤。
② "娇鬟"句:写思妇娇鬟堆枕、发髻蓬松的浓睡貌。钗横凤,即凤钗横。
③ "溶溶"句:系写女子梦境。
④ 泪阑干:眼泪纵横交错的样子。
⑤ 烟浪:指屏风上的烟浪风景。

⑥ "锦壶"句:意谓光阴易逝。锦壶,漏壶的美称。画箭,有绘饰的漏箭。这里的壶与箭都是古代用来计时的东西。
⑦ 玉佩:这里指佩玉之人,即思妇怀念之人。
⑧ 严妆:精心的打扮。

辑评

俞陛云曰:"杨花梦"七字情韵特佳。"严妆"句悦己无人,而犹施膏沐,有带宽不悔之心。(《唐五代两宋词选释》)

王国维曰:"画屏金鹧鸪",飞卿语也,其词品似之。"弦上黄莺语",端己语也,其词品亦似之。正中词品,若欲于其词句中求之,则"和泪试严妆"殆近之欤?(《人间词话》)

菩萨蛮①

西风袅袅凌歌扇②,秋期正与行人远③。花叶脱霜红,流萤残月中。　　兰闺人在否④?千里重楼暮。翠被已消香,梦随寒漏长。

注释

① 这首词上片以女主人公口吻来写,下片以男主人公口吻来

写,表达两地相思之情。

② "西风"句:谓秋风已至,团扇捐弃。凌,欺侮。

③ 秋期:谓男女相约聚会的日期。语出《诗·卫风·氓》:"将子无怒,秋以为期。"

④ 兰闺:女子的居室。

辑评

俞陛云曰:"花叶"二句饶有韵致。(《唐五代两宋词选释》)

菩萨蛮①

沉沉朱户横金锁②,纱窗月影随花过。烛泪欲阑干③,落梅生晚寒。　　宝钗横翠凤,千里香屏梦④。云雨已荒凉⑤,江南春草长。

注释

① 这首词抒写一个女子的寂寞情怀。

② 沉沉:幽深貌。

③ 阑干:纵横交错。

④ "宝钗"二句:意谓女主人公鬓乱钗横,头发蓬散,正在香屏后

做着千里相会的美梦。

⑤ 云雨:暗喻男女欢情。

辑评

俞陛云曰:以江南繁华之地,作者青紫登朝,而言云雨荒凉,江南草长,满纸萧索之音,殆近降虏去国时矣。(《唐五代两宋词选释》)

菩萨蛮①

欹鬟堕髻摇双桨②,采莲晚出清江上。顾影约流萍③,楚歌娇未成④。　相逢擎翠黛⑤,笑把珠珰解⑥。家住柳阴中,画桥东复东。

注释

① 此词描写一个江南采莲女子与情郎约会的场景。
② 欹鬟堕髻:古代女子的一种发型,即将头发梳成环形发髻,偏歪在头部的一侧。这里代指采莲女。
③ "顾影"句:言在聚着浮萍的水中看着自己的身影。约,缠束,聚合。

④ 楚歌:楚地之歌。这里指情歌。

⑤ 颦翠黛:皱着眉头。这里指娇羞的神态。

⑥ 珠珰:缀珠的耳坠。

辑评

陈廷焯曰:似子夜一流人物。结二句若关合若不关合,妙甚。较"家住绿杨边,往来多少年"高出数倍。(《词则·闲情集》)

浣溪沙①

春到青门柳色黄②,一梢红杏出低墙,莺窗人起未梳妆③。　绣帐已阑离别梦④,玉炉空袅寂寥香,闺中红日奈何长。

注释

① 这首词抒写少妇的春日离愁。

② 青门:本为汉代长安城门之一,因其色青,故称。这里代指京城。

③ 莺窗:莺语窗前。

④ 阑:完,尽。

浣溪沙[1]

转烛飘蓬一梦归[2],欲寻陈迹怅人非,天教心愿与身违[3]。　　待月池台空逝水,荫花楼阁谩斜晖[4],登临不惜更沾衣[5]。

注释

[1] 这首词表现词人失落的情怀。
[2] 转烛:风摇烛火,比喻世事变幻莫测。飘蓬:随风飘转的蓬草,比喻人生漂泊无定。
[3] 教:使,让。
[4] 谩:徒然。
[5] "登临"句:这里反用杜牧《九日齐山登高》诗"牛山何必独沾衣"句意。据《晏子春秋》载,齐景公游牛山,北望国都临淄而流泪。所以这一句隐含着比较深的感慨。

相见欢[1]

晓窗梦到昭华[2],阿琼家[3]。欹枕残妆一朵,卧枝花[4]。　　情极处[5],却无语,玉钗斜。翠阁银屏回首,已天涯⑥。

注释

① 这是一首记梦之作。
② 昭华:古池名。这里指情人的居处。
③ 阿琼:传说中西王母的侍女许飞琼。这里代指情人。
④ "欹枕"二句:系形容情人的睡态。
⑤ 情极处:即情深的时候。
⑥ "翠阁"二句:言醒后追忆梦境,已是杳不可及。

三台令①

春色,春色,依旧青门紫陌②。日斜柳暗花嫣,醉卧谁家少年?年少,年少,行乐直须及早。

注释

① 这首词抒写惜春的情绪。
② 青门紫陌:泛指都城内外。青门,汉代长安城门之一。紫陌,京城里的街道。

三台令（春色）

辑评

陈廷焯曰：即今日不作乐，当待何时。 又曰："依旧"二字，郁而突，故佳。（《词则·别调集》）

丁寿田等曰：此词伤春迟暮之情，均在言外。"依旧"两字，含无限感慨。末句劝人及早行乐，正自伤迟暮也。（《唐五代四大名家词》）

三台令①

明月，明月，照得离人愁绝。更深影入空床，不道帏屏夜长②。长夜，长夜，梦到庭花阴下。

注释

① 这是一首伤别之作。
② "更深"二句：意谓明月啊也不管帷屏中长夜漫漫，深夜还照在孤寂凄冷的空床上。空床，《古诗十九首·青青河畔草》："荡子行不归，空床独难守。"不道，不管，不顾。帏屏，帐子与屏风。这里指内室。

辑评

陈廷焯曰："不道"一语，中含无数曲折。（《词则·别调集》）

三台令①

南浦,南浦②,翠鬟离人何处③?当时携手高楼,依旧楼前水流。流水,流水,中有伤心双泪。

注释

① 这是一首怀人之作。
② 南浦:南面的水边。后常用以称送别之地。
③ 翠鬟:这里代指美人。

辑评

陈廷焯曰:此有"当时"一语,则首章"依旧"二字,不过平衍耳。(《词则·别调集》)

俞陛云曰:此调第五句倒用叠字,承上启下,如溪曲行舟,一折而景色顿异。结句见本意,乃此词主体也。(《唐五代两宋词选释》)

陈秋帆曰:情至文生,缠绵流露,延巳词实多类是。(《阳春集笺》)

唐圭璋曰:此首怀人词。南浦离别之处,今空见其处,而人则不知何往矣。"当时"句逆入,回忆当年之乐。"依旧"句平出,慨叹今日之物是人非。末句,即流水而抒真情,语极沉着。其后小晏云"楼下分流水声中,有当日凭高泪";李清照云"惟有楼前

流水,应念我终日凝眸";稼轩云"郁孤台下清江水,中间多少行人泪",皆与此意相合。(《唐宋词简释》)

点绛唇[①]

荫绿围红[②],飞琼家在桃源住[③]。画桥当路,临水双朱户。　　柳径春深,行到关情处[④]。颦不语[⑤],意凭风絮,吹向郎边去[⑥]。

注释

① 这是一首少女怀春词。
② 荫绿围红:上面荫着绿树,四周围着红花。
③ 飞琼:即许飞琼,传说中西王母的侍女。桃源:陶渊明《桃花源记》中写的一个与世隔绝处。这里用来指环境优美的地方。
④ 关情:即动情。
⑤ 颦:皱眉。
⑥ "意凭"二句:意谓凭借着飘扬的柳絮将内心的情意吹向情郎那边。

上行杯①

落梅着雨消残粉②,云重烟轻寒食近③。罗幕遮香④,柳外秋千出画墙⑤。　　春山颠倒钗横凤⑥,飞絮入帘春睡重⑦。梦里佳期,只许庭花与月知。

注释

① 这首词写闺中少女的情怀。
② 着雨:遇到雨,遭雨淋。
③ 寒食:节名。清明前一日或两日。
④ 罗幕:丝罗帐幕。
⑤ 柳外:即柳下。
⑥ "春山"句:描写女子的睡态。春山,指女子的画眉。钗横凤,即凤钗横。
⑦ 重:沉。

辑评

王国维曰:欧九《浣溪沙》词"绿杨楼外出秋千",晁补之谓一"出"字,便后人所不能道。余谓此本于正中《上行杯》词"柳外秋千出画墙",但欧语尤工耳。(《人间词话》)

贺圣朝①

金丝帐暖牙床稳②,怀香方寸③。轻颦轻笑,汗珠微透,柳沾花润。　　云鬟斜坠④,春应未已,不胜娇困。半欹犀枕⑤,乱缠珠被⑥,转羞人问。

注释

① 这是一首艳情词。
② 牙床:用象牙装饰的床。
③ 怀香:犹偷香。据刘义庆《世说新语·惑溺》载,晋时贾充有御赐异香,其女私赠相好韩寿,最终两人成为夫妻。此事遂用作男女暗中通情的典故。方寸:指心神、心绪。
④ "云鬟"句:犹言鬟发散乱。
⑤ 犀枕:枕头的美称。
⑥ 珠被:指华美的被子。

辑评

邵祖平曰:此艳词也,秦少游《一丛花》之"簪髻乱抛,偎人不起,弹泪唱新词",全学此处。(《词心笺评》)

忆仙姿[1]

尘拂玉台鸾镜,凤髻不堪重整[2]。绡帐泣流苏[3],愁掩玉屏人静。多病,多病,自是行云无定[4]。

注释
[1] 这是一首闺怨之作。
[2] "尘拂"二句:言内心愁苦,无心梳妆。玉台,即妆台。凤髻,状如凤凰的发型。
[3] 绡帐泣流苏:即"绡帐流苏泣",意谓连绡帐上的流苏都在哭泣。绡,轻纱帐。
[4] 行云:指行踪无定、冶游在外的丈夫。

忆秦娥[1]

风淅淅[2],夜雨连云黑。滴滴,窗外芭蕉灯下客[3]。　　除非魂梦到乡国,免被关山隔。忆忆,一句枕前争忘得[4]?

注释

① 这首词抒写思乡怀人之情。

② 淅淅:象声词,形容风声。

③ 芭蕉:古代诗词中常用雨打芭蕉烘托愁情。

④ 一句枕前:当日的枕前细语。争:犹"怎"。

辑评

陈廷焯曰:此《忆秦娥》别调也,意极芊婉,语极沉至。(《词则·别调集》)

忆江南①

去岁迎春楼上月,正是西窗,夜凉时节。玉人贪睡坠钗云②,粉消妆薄见天真③。　　人非风月长依旧,破镜尘筝④,一梦经年瘦⑤。今宵帘幕飐花阴⑥,空余枕泪独伤心。

注释

① 这首词抒写别后情怀。

② 玉人:即美人。坠钗云:钗子从乌云般的头发上滑落。

③ 天真:这里指美人的天生丽质。
④ 破镜:据孟棨《本事诗》载,南朝陈将亡时,驸马徐德言估计妻子会被人掠去,便破一圆镜,各执一半,为他日重见时的凭证。后遂以破镜喻夫妻分离。尘筝:蒙上灰尘的筝。
⑤ 经年:经过一年或一年以上。
⑥ 飏(yáng):通"扬"。

忆江南①

今日相逢花未发,正是去年,别离时节。东风次第有花开,恁时须约却重来②。　　重来不怕花堪折,只怕明年,花发人离别。别离若向百花时③,东风弹泪有谁知?

注释

① 这首词抒写相逢而又怕离别的心情。
② "东风"二句:意谓当日约定在来年东风吹拂的花开时节相见,今日果然又相逢了。次第,转眼。恁时,那时。却重来,正重来。
③ 向:临,面对。

辑评

俞陛云曰:二词(指"去岁迎春"、"今日相逢"二首)连缀相应,次首尤一气写出,在《阳春集》别具风调。(《唐五代两宋词选释》)

思越人①

酒醒情怀恶②。金缕褪、玉肌如削③。寒食过却,海棠零落。　乍倚遍阑干④,烟澹薄⑤,翠幕帘栊画阁。春睡着⑥,觉来失、秋千期约⑦。

注释

① 这首词描写闺中人无聊的生活。
② 情怀恶:心情不佳。
③ 金缕:即金缕衣,因用金丝在衣服上绣出各种花鸟图案,故称。褪:脱下。如削:言体态消瘦。
④ 阑干:即栏杆。
⑤ 烟澹薄:云烟似有若无。
⑥ 睡着:睡得沉。
⑦ "觉来"句:醒来后发现错过了约好的荡秋千的时间。

长相思①

红满枝,绿满枝。宿雨厌厌睡起迟②,闲庭花影移。　忆归期,数归期,梦见虽多相见稀,相逢知几时?

注释

① 这是一首闺情词。
② "宿雨"句:谓一夜风雨过后,懒懒地躺着,迟迟不起床。厌厌,同"恹恹",精神萎靡貌。

辑评

李廷机曰:梦多见稀,正是闺中之语。"相逢知几时",又发相思之意。　又曰:值此春光满目,而怀人会晤难期,不能不戚戚也。(《草堂诗余评林》)

沈际飞曰:哀而不伤。(《草堂诗余正集》)

莫思归①

花满名园酒满觞②,且开笑口对秋芳③。秋千风暖鸾钗觯④,绮陌春深翠袖香⑤。莫惜黄金贵,日日须教赊酒尝⑥。

注释

① 这首词劝人及时行乐。
② 觞(shāng):盛酒器。
③ 秾芳:艳丽的花。
④ 鸾钗:鸾形的钗子。觯(duǒ):下垂。
⑤ 绮陌:风景秀美的郊外。
⑥ 赊(shì)酒:赊酒。

金错刀①

日融融②,草芊芊③,黄莺求友啼林前,柳条袅袅拖金线④,花蕊茸茸簇锦毡⑤。　　鸠逐妇⑥,燕穿帘,狂蜂浪蝶相翩翩。春光堪赏还堪玩,恼煞东风误少年⑦。

注释

① 这首词描写春日的景象。

② 融融:和暖明媚状。
③ 芊芊:草木茂盛的样子。
④ 袅袅:随风摆动貌。金线:这里喻指新生的柳条。
⑤ 茸茸:柔密貌。簇锦毡:花团锦簇就像铺着漂亮的地毯一般。
⑥ 鸠逐妇:雄鸠追逐雌鸠。
⑦ "恼煞"句:少年因耽误了美好的春光而烦恼。此句的正常语序应该是"误东风少年恼煞"。

金错刀①

双玉斗,百琼壶②,佳人欢饮笑喧呼。麒麟欲画时难偶③,鸥鹭何猜兴不孤④。　　歌宛转,醉模糊,高烧银烛卧流苏⑤。只销几觉懵腾睡⑥,身外功名任有无。

注释

① 这首词透露了词人对官场的厌倦。
② 玉斗、琼壶:皆玉制酒器。
③ "麒麟"句:意谓想建功立业,可惜生不逢时。汉时未央宫中有麒麟阁,汉宣帝时曾图画霍光等十一位功臣像于阁上,以

表扬其功绩。

④ "鸥鹭"句:意谓同僚们又何必这么有兴致一起来猜忌我呢。鸥鹭,指同列之人。

⑤ 流苏:本指穗状下垂物,这里指饰有流苏的帷帐。

⑥ 懵腾:昏睡貌。

辑评

刘永济曰:正中本功名之士,而故为此放任旷荡之言。本多猜忌,而曰"鸥鹭何猜";本于国政无所措施,而曰"麒麟欲画时难偶";本贪禄位,而曰"身外功名任有无"。如只读其词,必为所欺。故孟子论诵诗读书者当知人论世也。知人,则考其人之生平行事;论世,则证以所处之时世背景。如此,则纵有诡诈巧言,而无从逃过读者之目矣。(《唐五代两宋词简析》)

玉楼春①

雪云乍变春云簇②,渐觉年华堪纵目③。北枝梅蕊犯寒开④,南浦波纹如酒绿⑤。　芳菲次第长相续⑥,自是情多无处足⑦。尊前百计得春归⑧,莫为伤春眉黛蹙⑨。

玉楼春（雪云乍变春云簇）

注释

① 这首词劝告人们不要辜负美好的春景。

② 簇:聚集。

③ 年华:指春光。纵目:放眼四望。

④ 犯:冒着。

⑤ 南浦:南面的水边。

⑥ 芳菲:花草盛美。次第:转眼。

⑦ "自是"句:意谓面对美不胜收的春景,正是因为情感丰富所以才不会感到满足。

⑧ 尊前:酒樽之前,指酒筵上。

⑨ 眉黛蹙:皱着双眉。

辑评

　　俞陛云曰:词借春光以托讽,"足"字韵戒贪求之无厌。"尊前"二句既盼春来,又伤春去,患得患失之心,宁有尽时耶。(《唐五代两宋词选释》)

　　王国维曰:梅圣俞《苏幕遮》词:"落尽梨花春事了,满地斜阳,翠色和烟老。"刘融斋谓:少游一生,似专学此种。余谓:冯正中《玉楼春》词:"芳菲次第长相续,自是情多无处足。尊前百计得春归,莫为伤春眉黛蹙。"永叔一生,似专学此种。(《人间词话》)

　　丁寿田等曰:此词初读似觉平淡,但愈吟诵愈觉其味隽永。(《唐五代四大名家词》)

寿山曲①

铜壶滴漏初尽②,高阁鸡鸣半空。催启五门金锁③,犹垂三殿帘栊④。阶前御柳摇绿,仗下宫花散红。鸳瓦数行晓日⑤,鸾旗百尺春风⑥。侍臣舞蹈重拜⑦,圣寿南山永同。

注释

① 这首词描写给皇帝祝寿时的盛大场面。
② "铜壶"句:以铜壶滴漏中的水刚滴完表明天已初晓。
③ 五门:古代宫廷按照五行之说设有五门,即皋门、库门、雉门、应门、路门。
④ 三殿:指唐大明宫之麟德殿,因其一殿而有三门,故称。这里借指皇宫。
⑤ 鸳瓦:即鸳鸯瓦,指成对的瓦。
⑥ 鸾旗:绣有鸾鸟的旗帜。
⑦ 舞蹈:这里指臣子朝见帝王时的一种仪节。重拜:犹言多次的跪拜。

辑评

刘毓盘曰:冯延巳《寿山曲》词,按《蓉城集》曰:"'鸳瓦'二句,殊有元和气象,堪与李氏齐驱。"即指此也。(《词史》)

李璟词

应天长[1]

一钩初月临妆镜[2],蝉鬓凤钗慵不整[3]。重帘静[4],层楼迥[5],惆怅落花风不定。　　柳堤芳草径,梦断辘轳金井[6]。昨夜更阑酒醒[7],春愁过却病[8]。

注释

[1] 这首词描写一个女子的伤春自怜之情。
[2] 初月:指女子的愁眉像早上的初月。
[3] 蝉鬓:指女子将两鬓梳成蝉翼状的发式。凤钗:凤形的头钗。慵不整:无心梳理。
[4] 重帘:这里指帘幕重重的深闺。
[5] 迥:高远貌。
[6] "梦断"句:谓井上的辘轳声惊断了好梦。梦断,梦醒。辘轳,井上汲水器绞动的声音。金井,井的美称。
[7] 更阑:指夜深。
[8] "春愁"句:谓春愁比生病更令人难受。过却,这里是超过的意思。

辑评

陈廷焯曰:"风不定"三字中有多少愁怨,不禁触目伤心也。结

笔凄婉,元人小曲有此凄凉,无此温婉,古人所以为高。(《云韶集》)

俞陛云曰:词写春夜之愁怀。"初月"、"蝉鬓"二句先言黄昏人倦,"重帘"三句更言楼静听风。下阕闻柳堤汲井,晓梦惊回,皆昨夜之情事。至结句乃点明更阑酒醒,愁病交加。通首由黄昏至晓起回忆,次第写来,柔情宛转,与周清真之《蝶恋花》词由破晓而睡起,而送别,亦次第写来,同一格局。其结句点睛处,周词云"露寒人远鸡相应",从行者着想;此言春愁兼病,从居者着想,词句异而言情写怨同也。(《唐五代两宋词选释》)

望远行①

玉砌花光锦绣明,朱扉长日镇长扃②。余寒不去梦难成,炉香烟冷自亭亭③。　辽阳月④,秣陵砧⑤,不传消息但传情。黄金窗下忽然惊⑥,征人归日二毛生⑦。

注释

① 这是一首怀人之作。
② "玉砌"二句:谓玉石台阶两旁的花像锦绣一样明丽,而红漆大门却长时间整日关闭着。扉,门扇。扃(jiōng),这里是关

闭的意思。

③ 亭亭:炉烟袅袅上升的样子。这是闺中女子的幻觉,因为前面已说"炉香烟冷"。

④ 辽阳:泛指今辽宁省一带。

⑤ 秣陵(mò líng):今江苏南京。砧:捣衣石,这里指捣衣声。

⑥ 黄金窗:窗户在晨曦的照临下如同黄金一般,故称。

⑦ 征人:远戍的人。二毛:常用以指头发斑白的老年人,头发黑白相间,故称"二毛"。

辑评

卓人月曰:("征人"句)髀里骨,鬓边毛,千秋同慨。(《古今词统》)

俞陛云曰:上阕写所处一面之情景。惟寒梦难成,醒眼无聊,但见炉烟之亭亭自袅,善写孤寂之境。其下辽阳、秣陵,始两面兼写。"传情"二字见闻砧对月,两地同怀。结句言忽见北客南来,雪窖远归,鬓丝都白,则行役之劳,与怀思之久,从可知矣。(《唐五代两宋词选释》)

浣溪沙①

手卷真珠上玉钩②,依前春恨锁重楼③。风里落

浣溪沙（手卷真珠上玉钩）

花谁是主④,思悠悠⑤! 青鸟不传云外信⑥,丁香空结雨中愁⑦。回首绿波三峡暮⑧,接天流。

注释

① 这首词写深闺女子的春恨。
② 真珠:即珍珠帘。
③ "依前"句:意谓和往日一样,重重高楼依然被重重的春恨所笼罩着。
④ 谁是主:谁是花的主人呢?
⑤ 思悠悠:形容愁思悠长不尽。
⑥ 青鸟:古代传说中为西王母取食传信的神鸟。这里指信使。云外:指远方。
⑦ 结:指含蕾不吐。古人常借丁香结来形容人的愁思郁结。
⑧ 三峡:长江上游的瞿塘峡、巫峡和西陵峡,合称"三峡"。宋玉《高唐赋》中所写楚王梦中遇神女的故事即以此为背景。

辑评

李于鳞曰:上言落花无主之意,下言回首一方之思。 又曰:写出阑珊春色最是恼人天气。(《南唐二主词汇笺》引)

王世贞曰:"细雨梦回鸡塞远,小楼吹彻玉笙寒","青鸟不传云外信,丁香空结雨中愁","无可奈何花落去,似曾相似燕归来",非律诗俊语乎? 然是天成一段词也,著诗不得。(《艺苑

卮言》）

黄苏曰："手卷珠帘"，似可旷日舒怀矣。谁知依然恨锁重楼,所以恨者何也？见落花无主，不觉心共悠悠耳。且远信不来,幽愁空结。第见三峡波接天流,此恨何能自已乎。清和婉转,词旨秀颖。然以帝王为之,则非治世之音矣。（《蓼园词评》）

陈廷焯曰：那不魂销,绮丽芊绵。置之元明以后,便成绝妙好词,缘彼时尚以古为贵故。（《云韶集》）

俞平伯曰：此总写幽居之子。珠帘手卷,郑重出之,庶睹夷旷,涤兹伊郁,然重楼深锁,春恨依前也。"锁"字半虚半实,锤炼精当,可以体玩。下文说到春风时作,飘转残红,"无主"二字,略略点出本意。结句三字,有愈想愈远,轻轻放下之妙。掩卷瞑想,欲易此三字,其可得乎。下片较平实,遂少佳胜。（《读词偶得》）

唐圭璋曰：此首直抒胸臆,清俊宛转。其中情景融成一片,已不能显分痕迹。首句"手卷真珠",平平叙起,但所以卷帘者,则图稍释愁恨也,故此句看似平淡,实已含无限幽怨。次句承上,凄苦尤甚,盖欲图消恨,而恨依然未销也,两句自为开合。下文更从"依前春恨"句宕开,原恨所以依然未销者,则以帘外落花、风飘无主耳；花落无主,人去亦无主,故见落花,又不禁引起悠悠遐思矣。换头,承"思悠悠"来,一句远,一句近,两句亦自为开合。所思者何,云外之人也,云外之人既不至,云外之信亦不至,其哀伤为何如。"丁香"句,又添出雨中景色。花愈离披,春愈阑珊,愁愈深切矣。"回首"两句,别转江天茫茫之景作结,大笔振迅,气象雄伟,而悠悠此恨,更何能已。通首一气蝉联,刀挥不断,而清空舒卷,跌宕昭彰,洵可称词中神品。(《唐宋词简释》)

浣溪沙①

菡萏香销翠叶残②,西风愁起绿波间③,还与韶光共憔悴④,不堪看。　　细雨梦回鸡塞远⑤,小楼吹彻玉笙寒⑥。多少泪珠何限恨,倚阑干⑦。

注释

① 这首词抒发怀人之情,当有所托。
② 菡萏(hàn dàn):荷花的别称。
③ "西风"句:西风含愁带恨,从绿波上吹过。
④ 韶光:美好时光。
⑤ 梦回:梦醒。鸡塞:即鸡鹿塞,汉时边塞名,在今陕西横山县西,此处泛指边塞。
⑥ 吹彻:吹到最后一曲。彻,大曲中的最后一遍。
⑦ 阑干:即栏杆。

辑评

许昂霄曰:"细雨"二句合看,乃愈见其妙。(《词综偶评》)

黄苏曰:"细雨梦回"二句,意兴清幽,自系名句。结末"倚阑干"三字,亦有说不尽之意。(《蓼园词评》)

陈廷焯曰:南唐中主《山花子》云:"还与韶光共憔悴,不堪看。"沉之至,郁之至,凄然欲绝。后主虽善言情,卒不能出其右也。(《白雨斋词话》) 又曰:后主虽工于怨词,总逊此哀婉沉至。(《词则·大雅集》)

王国维曰:南唐中主词"菡萏香销翠叶残,西风愁起绿波间",大有众芳芜秽、美人迟暮之感。(《人间词话》)

吴梅曰:此词之佳,在于沉郁。夫菡萏销翠,愁起西风,与韶光无涉也;而在伤心人见之,则夏景繁盛,亦易摧残,与春光同此憔悴耳。故一则曰"不堪看",一则曰"何限恨",其顿挫空灵处,全在情景融洽,不事雕琢,凄然欲绝。至"细雨"、"小楼"二语,为"西风愁起"之点染语,炼词虽工,非一篇中之至胜处;而世人竞赏此二语,亦可谓不善读者矣。(《词学通论》)

唐圭璋曰:此首秋思词。首两句,从景物凋残写起,中间已含有无穷悲秋之感。"还与"两句,触景伤情,拍合人物。"不堪看"三字,笔力千钧,沉郁之至,较之李易安"人比黄花瘦"句,诚觉有仙凡之别。换头,别开一境,似断实连,一句远,一句近,作法与前首同。梦回细雨,凝想人在塞外,怅惘已极,而独处小楼,惟有吹笙以寄恨,但风雨楼高,吹笙既久,致笙寒凝水,每不应律,两句对举,名隽高华,古今共传。陆龟蒙诗云"妾思正如簧,时时望君暖",中主词意正用此;而少游"指冷玉笙寒"句,则又从中主翻出。或谓玉笙吹彻,小楼寒侵,则非是也,末两句承上,申述悲恨。"倚阑干"三字结束,含蓄不尽。(《唐宋词简释》)

李煜词

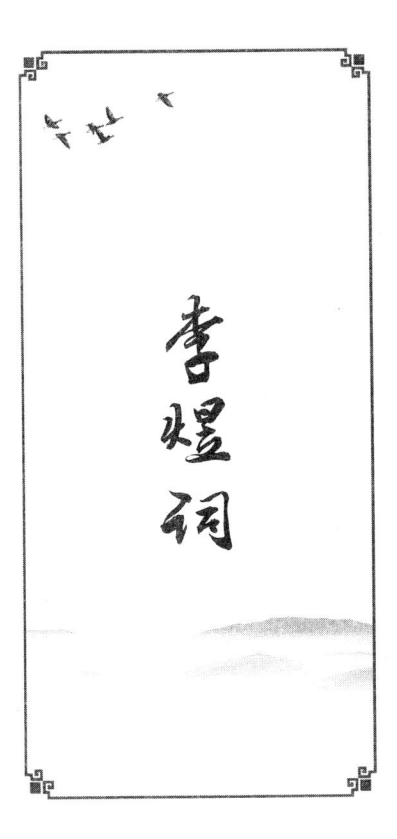

虞美人①

春花秋月何时了,往事知多少②。小楼昨夜又东风,故国不堪回首月明中③。　雕栏玉砌应犹在④,只是朱颜改⑤。问君能有几多愁,恰似一江春水向东流。

注释

① 此词作于词人被囚之后。据说,因为词中流露出沉痛的故国之思,所以宋太祖下令将其毒死。
② "春花"二句:意谓春花秋月赶快结束吧,你使我想起了太多的往事。
③ 故国:这里指南唐。
④ 雕栏玉砌:这里指南唐精美的宫殿。
⑤ 朱颜改:指自己红润的容貌已变得憔悴,亦含有江山易色的意思。

辑评

谭献曰:二词(指此首及"风回小院"一首)终当以神品目之。(谭评《词辨》)

王闿运曰:常语耳,以初见故佳,再学便滥矣。朱颜本是山河,因归宋不敢言耳。若直说山河改,反又浅也。结亦恰到好

虞美人（春花秋月何时了）

处。(《湘绮楼词选》)

陈廷焯曰:一声恸歌,如闻哀猿,呜咽缠绵,满纸血泪。(《云韶集》) 又曰:哀猿一声。(《词则·别调集》)

俞陛云曰:亡国之音,何哀思之深耶?传诵禁廷,不加悯而被祸,失国者不殉宗社,而任人宰割,良足伤矣。《后山诗话》谓秦少游词"飞红万点愁如海"出于后主"一江春水"句,《野客丛书》又谓白乐天"欲识愁多少,高于滟滪堆",刘禹锡之"水流无限似侬愁",为后主词所祖,但以水喻愁,词家意所易到,屡见载籍,未必互相沿用。就词而论,李、刘、秦诸家之以水喻愁,不若后主之"春江"九字,真伤心人语也。(《唐五代两宋词选释》)

刘永济曰:此言明言"故国",明言"雕栏玉砌",故宋太宗闻之,即赐牵机药以死之。(《唐五代两宋词简析》)

唐圭璋曰:此首感怀故国,悲愤已极。起句,追维往事,痛不欲生。满腔恨血,喷薄而出,诚《天问》之遗也。"小楼"句承起句,缩笔吞咽;"故国"句承起句,放笔呼号。一"又"字惨甚。东风又入,可见春花秋月,一时尚不得遽了。罪孽未满,苦痛未尽,仍须偷息人间,历尽折磨。下片承上,从故国月明想入,揭出物是人非之意,末以问答语,吐露心中万斛愁恨,令人不堪卒读。通首一气盘旋,曲折动荡,如怨如慕,如泣如诉。(《唐宋词简释》)

乌夜啼[①]

昨夜风兼雨,帘帏飒飒秋声[②]。烛残漏断频欹枕[③],起坐不能平[④]。　　世事漫随流水,算来梦里浮生[⑤]。醉乡路稳宜频到[⑥],此外不堪行。

注释

① 这是一首秋日抒怀之作。
② 帘帏:窗帘与帐幕。
③ 漏断:滴漏声已经停止。欹(qī)枕:斜靠着枕头。
④ 不能平:心里不能平静。
⑤ 浮生:短促虚幻的人生。
⑥ 醉乡:唐王绩著有《醉乡记》,将醉乡描写成乌托邦式的理想境界。

辑评

　　俞陛云曰:此调亦唐教坊曲名也。人当清夜自省,宜嗔痴渐泯,作者转起坐不平,虽知浮生若梦,而无彻底觉悟,惟有借陶然一醉,聊以忘忧。此词若出于清淡之名流,善怀之秋士,便是妙词。乃以国主任兆民之重,而自甘颓弃,何耶? 但论其词句,固能写牢愁之极致也。(《唐五代两宋词选释》)

　　唐圭璋曰:此首由景入情,写出人生之烦闷。夜来风雨无端,秋声飒飒,此境已令人愁绝,加之烛又残,漏又断,伤感愈甚矣。"起坐不能平"句,写尽抑郁塞胸,辗转无眠之苦。换头,承上抒情,言旧事如梦,不堪回首。末两句,写人世茫茫,众生苦恼,尤为沉痛。后主词气象开朗,堂庑广大,悲天悯人之怀,随处流露,王静安谓:"道君不过自道身世之戚,后主则俨有释迦、基督担荷人类罪恶之意。"其言良然。(《唐宋词简释》)

一斛珠①

晓妆初过,沉檀轻注些儿个②,向人微露丁香颗③。一曲清歌,暂引樱桃破④。　　罗袖裛残殷色可,杯深旋被香醪涴⑤。绣床斜凭娇无那⑥,烂嚼红茸⑦,笑向檀郎唾⑧。

注释

① 这首词描写一个歌女天真妩媚、恃宠撒娇的情态。
② "沉檀"句:在口唇上轻轻地点上一些口红。沉檀,香檀。檀,赭红色。些儿个,当时的方言,即一点点。
③ 丁香颗:代指女子舌。丁香,植物名,因其形似鸡舌,又名"鸡舌香"。颗,指花蕾。

④ 樱桃:喻女子娇嫩红润的小口。
⑤ "罗袖"二句:意谓酒喝多了,酒水溅到身上,罗袖变成了深红色,也毫不在意。裛(yì),沾染。可,不在乎。杯深,指喝了很多酒。香醪(láo),醇酒。涴(wò),弄脏。
⑥ 凭:靠。无那:犹无限、非常之意。
⑦ 红茸:红色的绒线。茸,通"绒"。
⑧ 檀郎:晋代美男子潘安,小名"檀奴",后因用作女子对自己丈夫或所爱慕男子的美称。

辑评

潘游龙曰:描画精细,绝是一篇上好小题文字。(《古今诗余醉》)

李佳曰:李后主词"烂嚼红绒,笑向檀郎唾",李易安词"倚门回首,却把青梅嗅",汪肇麟词"待他重与画眉时,细数郎轻薄",皆酷肖小女儿情态。(《左庵词话》)

陈廷焯曰:风流秀曼,失人君之度矣。(《词则·闲情集》)

俞陛云曰:虽绮靡之音,而上阕"破"字韵颇新颖。下阕"绣床"三句自是俊语。(《唐五代两宋词选释》)

唐圭璋曰:此首咏佳人口。起两句,写佳人口注沉檀。"向人"三句,写佳人口引清歌。换头,写佳人口饮香醪。末三句,写佳人口唾红茸。通首自佳人之颜色服饰,以及声音笑貌,无不描画精细,如见如闻。(《唐宋词简释》)

子夜歌①

人生愁恨何能免,销魂独我情何限②。故国梦重归,觉来双泪垂③。　　高楼谁与上④?长记秋晴望⑤。往事已成空,还如一梦中。

注释

① 这首词抒写亡国的哀痛。
② 销魂:魂魄离开肉体,用来形容极度的快乐或哀伤。这里形容极度哀伤。
③ 觉来:醒来。
④ 谁与:同谁。
⑤ 长记:一直记得。秋晴望:在秋晴之日登临眺望。

辑评

陈廷焯曰:(上片)回首可怜歌舞地。(下片)悠悠苍天,此何人哉!(《词则·别调集》)

俞陛云曰:起句用翻笔。明知难免,而自我消魂,愈觉埋愁之无地。(《唐五代两宋词选释》)

唐圭璋曰:此首思故国,不假采饰,纯用白描。但句句重大,一往情深。起句两问,已将古往今来之人生及己之一生说明。"故国"句开,"觉来"句合,言梦归故国,及醒来之悲伤。换头,言近况之孤苦。高楼独上，秋晴空望，故国杳杳，销魂何限！"往事"句开，"还如"句合。上下两"梦"字亦幻，上言梦似真，下言真似梦也。(《唐宋词简释》)

临江仙①

樱桃落尽春归去，蝶翻金粉双飞②。子规啼月小楼西③。画帘珠箔④，惆怅卷金泥⑤。　　门巷寂寥人去后，望残烟草低迷⑥。炉香闲袅凤凰儿⑦。空持罗带，回首恨依依⑧。

注释

① 这首词抒写少妇独居小楼的冷落情怀，相传是后主被围于金陵城中时作。
② 金粉：这里指粉蝶的翅膀。
③ 子规：即杜鹃鸟，啼声凄厉。啼月：在月下啼叫。
④ 珠箔：珠子串成的帘。
⑤ 卷金泥：卷起以金泥装饰的帘子。金泥，用以饰物的金屑，这里指上句所说的"画帘珠箔"。
⑥ 低迷：迷离。

⑦ 凤凰儿：这里似指香烟袅袅的形态。
⑧ 恨依依：愁恨绵绵不断。

辑评

陈廷焯曰：凄凉景况，曲曲绘出。依依不舍，煞是可怜，读者为之伤心。(《云韶集》) 又曰：低回留恋，宛转可怜。伤心语，不忍卒读。(《词则·别调集》)

俞陛云曰：昇州被围一年之久，词中所云门巷人稀，凄迷烟草，想见吏民星散之状，宜其低回罗带，惨不成书也。(《唐五代两宋词选释》)

梁启勋曰：真可谓亡国之音，然又极含蓄蕴藉之致。(《词学》)

望江南①

多少恨，昨夜梦魂中。还似旧时游上苑②，车如流水马如龙，花月正春风。

注释

① 这首词追忆亡国前春游的盛况。

② 上苑:汉时有上林苑,乃帝王游玩或打猎的场所。这里指南唐的御苑。

辑评

　　陈廷焯曰:后主词,一片忧思,当领会于声调之外。君人而为此词,虽不亡国也得乎?(《词则·别调集》)

　　唐圭璋曰:此首忆旧词,一片神行,如骏马驰坂,无处可停。所谓"恨",恨在昨夜一梦也。昨夜所梦者何?"还似"二字领起,直贯以下十七字,实写梦中旧时游乐盛况。正面不著一笔,但以旧乐反衬,则今之愁极恨深,自不待言。此类小词,纯任性灵,无迹可寻,后人亦不能规摹其万一。(《唐宋词简释》)

望江南①

　　多少泪,断脸复横颐②。心事莫将和泪说,凤笙休向泪时吹③,肠断更无疑。

注释

① 这首词抒写身世之悲。
② "断脸"句:形容眼泪在脸颊上纵横交流。颐,面颊。

③ 凤笙:笙的美称。据《列仙传》载,周灵王太子王子乔能吹笙作凤凰鸣。后世遂有"凤笙"之名。

辑评

刘永济曰:此二首为李煜降宋后作。前首因梦昔时春游苑囿车马之盛况,醒而含恨。后首乃念旧宫嫔妃之悲苦,因而作劝慰之语,故曰"莫将"、"休向"。更揣其此时必已肠断,故曰"更无疑"。后主已成亡国之"臣虏",乃不暇自悲而慰人之悲,亦太痴矣。昔人谓后主亡国后之词,乃以血写成者,言其语语真切,出于肺腑也。(《唐五代两宋词简析》)

唐圭璋曰:此首直揭哀音,凄厉已极。诚有类夫春夜空山,杜鹃啼血也。断脸横颐,想见泪流之多。后主在汴,尝谓此中日夕,只以眼泪洗面,正可与此词印证。心事不必再说,撇去一层;凤笙不必再吹,又撇去一层。总以心中有无穷难言之隐,故有此沉愤决绝之语。"肠断"一句,承上说明心中悲哀,更见人间欢乐,于己无分,而苟延残喘,亦无多日。真伤心垂绝之音也!(《唐宋词简释》)

清平乐①

别来春半②,触目愁肠断。砌下落梅如雪乱③,

拂了一身还满。　　雁来音信无凭④,路遥归梦难成。离恨恰如春草,更行更远还生。

注释

① 据说此词是作者为怀念其弟李从善入宋不归而作。
② 春半:春天已过去了一半。
③ 砌下:台阶下。
④ "雁来"句:谓大雁归来,却没有带来你的音讯。古代有飞雁传书的故事,因此看见大雁就有此联想。

辑评

陈廷焯曰:永叔"离愁渐远渐无穷"二语,从此脱胎。(《词则·大雅集》)

俞陛云曰:上段言愁之欲去仍来,犹雪花之拂了又满;下段言人之愈离愈远,犹草之更远还生,皆加倍写出离愁。且借花草取喻,以渲染词句,更见婉妙。六一词之"行人更在青山外",东坡诗之"但见乌帽出复没",皆言极目征人,直至天尽处,与此词春草句,俱善状离情之深挚者。(《唐五代两宋词选释》)

俞平伯曰:于愁则喻春水,于恨则喻春草,颇似重复,而"恰似一江春水向东流",以长句一气直下,"更行更远还生",以短句一波三折,句法之变换,直与春水春草之姿态韵味融成一片。外体物情,内抒心象,岂独妙肖,谓之入神可也。(《读词偶得》)

唐圭璋曰:此首即景生情,妙在无一字一句之雕琢,纯是自然流露,丰神秀绝。起点时间,次写景物。"砌下"两句,即承"触目"二字写实,落花纷纷,人立其中;境乃灵境,人似仙人。拂了还满,既见落花之多,又见描摹之生动。愁肠之所以断者,亦以此故。中主是写风里落花,后主是写花里愁人,各极其妙。下片,承"别来"二字深入,别来无信一层,别来无梦一层。着末,又融合情景,说出无限离恨。眼前景,心中恨,打并一起,意味深长。少游词云:"倚危亭,恨如芳草,萋萋刬尽还生。"周止庵以为神来之笔,实则亦袭此词也。(《唐宋词简释》)

采桑子①

亭前春逐红英尽②,舞态徘徊③。细雨霏微,不放双眉时暂开④。　　绿窗冷静芳音断⑤,香印成灰⑥。可奈情怀⑦,欲睡朦胧入梦来。

注释

① 这首词写少妇怀人。
② 红英:即红花。
③ 舞态徘徊:形容落花在风中飞舞回旋。

④ "不放"句:谓不让我紧蹙的双眉暂时舒展开来。

⑤ 芳音:犹佳音。

⑥ 香印:或称印香,指刻有印记,可根据燃烧的长短来判断时间的香炷。

⑦ 可奈:怎奈,可恨。情怀:心情。

辑评

陈廷焯曰:幽怨。(《词则·别调集》)

邵祖平曰:亭皋花落,妆存半面;绿窗雨黯,春锁双眉;于斯时也,酒冷香消,音尘两绝,能不惓怯玉人于睡梦中闯来一见耶?词心曲折迷离,令人惘极。(《词心笺评》)

喜迁莺①

晓月坠,宿云微②,无语枕频欹。梦回芳草思依依③,天远雁声稀④。　啼莺散,余花乱⑤,寂寞画堂深院。片红休扫尽从伊⑥,留待舞人归⑦。

注释

① 这是一首思念情人之作。

② 宿云:昨夜的云气。微:衰微。这里指消散。
③ 芳草:代指所怀念的人。牛希济《生查子》:"记得绿罗裙,处处怜芳草。"
④ 雁声稀:这里暗示所思念的人没有音信。
⑤ 余花:晚春尚未凋谢的花。
⑥ "片红"句:不要把那一片片的落花扫去,任由它躺在地上。
⑦ 舞人:这里指所思念之人。

辑评

俞陛云曰:此二词(指此首及《采桑子》"庭前春逐"一首)殆失国后所作。春晚花飞,宫人零落,芳讯则但祈入梦,落红则留待归人,皆极写无聊之思。《采桑子》词之眉头不放暂开,殆受归朝后禁令之严,微有怨词耶?(《唐五代两宋词选释》)

蝶恋花①

遥夜亭皋闲信步②。乍过清明③,早觉伤春暮。数点雨声风约住④,朦胧淡月云来去。　　桃李依依春暗度⑤,谁在秋千,笑里低低语。一片芳心千万绪,人间没个安排处⑥。

蝶恋花（遥夜亭皋闲信步）

注释

① 这首词抒写少妇伤春之情。
② 遥夜:长夜。皋:水边高地。
③ 乍:刚。
④ "数点"句:春风吹过,止住了点点雨声。
⑤ "桃李"句:桃李还在盛开,但春天已经悄悄过去。依依,轻柔披拂貌。
⑥ "一片"二句:言自己的相思之情万缕千丝,理不出头绪来,而且人世间也没有一个可安排它的地方。

辑评

陈继儒曰:何不寄愁天上,埋忧地下?(《南唐二主词汇笺》引)

沈谦曰:"红杏枝头春意闹"、"云破月来花弄影",俱不及"数点雨声风约住,朦胧淡月云来去"。予尝谓李后主拙于治国,在词中犹不失为南面王。(《填词杂说》)

俞陛云曰:上半首工于写景,风收残雨,以"约住"二字状之,殊妙。雨后残云,惟映以淡月,始见其长空来往,写风景宛然。结句言寸心之愁,而宇宙虽宽,竟无容处,其愁宁有际耶!唐人诗"此心方寸地,容得许多愁",愁之为物,可谓放之则弥六合,卷之则退藏于密,惟能手得写出之。(《唐五代两宋词选释》)

邵祖平曰:此词一句一曲,吞吐幽咽,不可思议。亭皋散步而于遥夜,一曲也;才过清明而即觉春暮,二曲也;雨声未透为风所取,三曲也;月影乍来为云所掩,四曲也;桃李烂漫未遑赏春,五曲也;春在悲泪之中,而谁于秋千下低低笑语,六曲也;末二句则如挽弓至满,不得不发,词心酝酿深淳,始办此境,愁惘已极,转见豁达高健,归于自然。(《词心笺评》)

乌夜啼①

林花谢了春红,太匆匆②,无奈朝来寒雨晚来风。　胭脂泪③,留人醉④,几时重,自是人生长恨水长东。

注释

① 这是词人亡国后的作品,在伤春中寄寓了身世之感。
② "林花"二句:意谓林间的红花已经纷纷凋谢,春天就这样匆匆地流逝了。
③ 胭脂泪:指女子的眼泪。佳人脸上涂着胭脂,泪水流过就会沾上胭脂的红色,故称。
④ 留人醉:为留人而醉酒。

辑评

谭献曰：(前半阕)濡染大笔。(谭评《词辨》)

陈廷焯曰：后主词，凄惋出飞卿之右，而骚意不及。(《词则·大雅集》卷一)

刘永济曰：上半阕表面似惜花，实乃自悲如林花已谢，且谢得"太匆匆"，而朝雨、晚风尚摧残之不已，故曰"无奈"。下半阕因念，今日虽欲求如临别之时泪眼留醉亦不可得矣，何况重返故国，故曰"人生长恨"如"水长东"。(《唐五代两宋词简析》)

俞平伯曰：本词从杜甫《曲江对雨》"林花着雨燕脂湿"变化，却将一语演作上下两片。"春红"、"寒雨"已为下片"胭脂泪"伏脉。主意咏别情，"几时重"犹言"何时再"。(《唐宋词选释》)

唐圭璋曰：此首伤别，从惜花写起。"太匆匆"三字，极传惊叹之神。"无奈"句，又转怨恨之情，说出林花所以速谢之故。朝是雨打，晚是风吹，花何以堪，人何以堪，说花即以说人，语固双关也。"无奈"二字，且见无力护花，无计回天之意，一片珍惜怜爱之情，跃然纸上。下片，明点人事，以花落之易，触及人别离之易，花不得重上故枝，人亦不易重逢也。"几时重"三字轻顿，"自是"句重落。以水之必然长东，喻人之必然长恨，语最深刻。"自是"二字，尤能揭出人生苦闷之义蕴。此与"此外不堪行"，"肠断更无疑"诸语，皆以重笔收束，沉哀入骨。(《唐宋词简释》)

长相思①

云一緺②,玉一梭③,淡淡衫儿薄薄罗。轻颦双黛螺④。　　秋风多,雨相和,帘外芭蕉三两窠⑤,夜长人奈何!

注释

① 这首词抒写一个女子秋夜的相思情怀。
② 云:指女子的秀发。緺(guā):量词。用于盘结的发髻。
③ 玉一梭:指束发髻的玉簪。
④ 颦:皱眉。双黛螺:即双眉。黛螺,古代女子画眉用的颜料。这里借指眉毛。
⑤ 窠:同"棵"。

辑评

沈际飞曰:"多"字、"和"字妙。"三两窠",亦嫌其多也。(《草堂诗余续集》)

陈廷焯曰:字字绮丽。结五字婉曲。(《云韶集》)　　又曰:情词凄婉。(《词则·闲情集》)

捣练子令[①]

深院静,小庭空,断续寒砧断续风[②]。无奈夜长人不寐,数声和月到帘栊[③]。

注释

① 这首词描写词人长夜难眠的情景。
② 寒砧:寒风中捣衣的砧杵相击声。砧,捣衣石。
③ "数声"句:意谓几声凄清的捣衣声,随着月光,透过帘幕,传入我的耳中。帘栊,挂着帘子的窗。

辑评

俞陛云曰:前二句言闻捣练之时,院静庭空,已写出幽悄之境。三句赋捣练。四、五句由闻砧者说到砧声之远递。通首赋捣练,而独夜怀人情味,摇漾于寒砧断续之中,可谓极此题能事。(《唐五代两宋词选释》)

唐圭璋曰:此首闻砧而作。起两句,叙夜间庭院之寂静。"断续"句,叙风送砧声,庭愈空,砧愈响,长夜迢迢,人自难眠,其心中之悲哀,亦可揣知。"无奈"二字,曲笔径转,贯下十二字,四层含意。夜既长,人又不寐,而砧声、月影,复并赴目前,此境凄迷,此情难堪矣。(《唐宋词简释》)

捣练子令（深院静）

浣溪沙①

红日已高三丈透②,金炉次第添香兽③,红锦地衣随步皱④。　　佳人舞点金钗溜⑤,酒恶时拈花蕊嗅⑥,别殿遥闻箫鼓奏⑦。

注释

① 这是词人前期的作品,描写宫廷中奢侈的生活。
② 透:超过。
③ 金炉:香炉的美称。次第:依次。香兽:制成兽形的香料。
④ 红锦地衣:即红锦织成的地毯。
⑤ "佳人"句:言美人跳舞时为赶上舞步的节拍连头上的金钗也滑脱了下来。舞点,舞乐中表现节奏的鼓点。
⑥ 酒恶:当时的方言,即酒醉。花蕊嗅:嗅花蕊以解酒。
⑦ 别殿:正殿以外的宫殿。

辑评

俞陛云曰:《扪虱新话》云:"帝王文章,自有一般富贵气象。"此语诚然。但时至日高三丈,而金炉始添兽炭,宫人趋走,始踏皱地衣,其倦勤晏起可知。恣舞而至金钗溜地,中酒而至嗅花为解,其酣嬉如是而犹未满足,箫鼓尚闻于别殿。作者自写其得意,如穆天子之为乐未央,适示人以荒宴无度,宁止杨升庵讥其

忒富贵耶？但论其词，固极豪华妍丽之致。（《唐五代两宋词选释》）

刘永济曰：此南唐未亡前李煜所写宫中行乐之词。此时江南，生产力已发达，统治者享受极其侈靡，锦作地衣，即其证。（《唐五代两宋词简析》）

唐圭璋曰：此首写江南盛时宫中歌舞情况。起言红日已高，点外景。次言金炉添香，地衣舞皱，皆宫中事。换头承上，极写宴乐。金钗舞溜，其舞之盛可知；花蕊频嗅，其醉之甚可知。末句，映带别殿箫鼓，写足处处繁华景象。（《唐宋词简释》）

菩萨蛮①

花明月暗笼轻雾，今朝好向郎边去。刬袜步香阶②，手提金缕鞋③。　　画堂南畔见，一向偎人颤④。奴为出来难⑤，教君恣意怜⑥。

注释

① 这首词描写男女幽欢的情景，被认为是后主与小周后情事的纪实。
② 刬(chǎn)袜：这里指脱去鞋穿着袜子行走。刬，犹言光着。

③ 金缕鞋:鞋面用金线绣成的鞋。

④ 一向:一味的意思。

⑤ 奴:古代女子的自称。

⑥ 恣意怜:尽情地疼爱。

辑评

潘游龙曰:结语极俚极真。(《古今诗余醉》)

孙琮曰:"感郎不羞赧,回身向郎抱",六朝乐府便有此等艳情,莫诃词人轻薄。按牛峤词"须作一生拚,尽君今日欢",李后主词"奴为出来难,教君恣意怜"。正见词家本色,但嫌意态之不文矣。(《古今词话·词品》引)

陈廷焯曰:"刬袜"二语,细丽。"一向"妙,香奁词有此,真乃工绝。后人着力描写,细按之总不逮古人也。(《云韶集》)

又曰:荒淫语,十分沉至。(《词则·闲情集》)

俞陛云曰:昭惠后之妹,因侍后疾而承恩,词为进御之夕作。"刬袜"二句想见花阴月暗,悄行多露之时。宫中事秘,后主乃张之以词,事传于外。继立为后之日,韩熙载为诗讽之,而后主不恤人言也。(《唐五代两宋词选释》)

唐圭璋曰:此首写小周后事,起点夜景,次述小周后匆遽出宫之状态。下片,写相见相怜之情事,景真情真,宛转生动。"奴为"两句,与牛给事之"须作一生拚,尽君今日欢",同为狎昵已极之词。他如"潜来珠锁动,惊觉银屏梦","眼色暗相钩,秋波横欲流"诸词,亦皆实写当日情事也。(《唐宋词简释》)

望江梅[1]

闲梦远,南国正芳春,船上管弦江面绿[2],满城飞絮滚轻尘[3],忙杀看花人。

注释

① 这首词回忆故国春天美景。
② 管弦:管乐器和弦乐器。这里指乐器弹奏的音乐。
③ 滚轻尘:车马过后扬起轻尘。

辑评

唐圭璋曰:此首写江南春景。"船上"句,写江南春水之美,及船上管弦之盛。"满城"句,写城中花絮之繁,九陌红尘与漫天之飞絮相混,想见宝马香车之喧,与都城人士之狂欢情景。末句,揭出倾城看花。亦可见江南盛时上下酣嬉之状。(《唐宋词简释》)

望江梅[1]

闲梦远,南国正清秋[2]。千里江山寒色远,芦花深处泊孤舟,笛在月明楼。

注释

① 这首词回忆故国秋天美景。
② 清秋:明净爽朗的秋天。

辑评

陈廷焯曰:寥寥数语,括多少景物在内。(《词则·别调集》)

唐圭璋曰:此首写江南秋景,如一幅绝妙图画。"千里"句,写秋来江山之寥廓,与四野之萧条。"芦花"句,写远岸芦花之盛,与孤舟相映,情景兼到。末句,写月下笛声,尤觉秋思洋溢,凄动于中。孤舟,见行客之悲秋;笛声,见居人之悲秋。张若虚诗云"谁家今夜扁舟子,何处相思明月楼",亦兼写行客与居人两面。后主词,正与之同妙。(《唐宋词简释》)

菩萨蛮①

蓬莱院闭天台女②,画堂昼寝人无语③。抛枕翠云光④,绣衣闻异香。　　潜来珠锁动⑤,惊觉银屏梦。脸慢笑盈盈⑥,相看无限情。

注释

① 这首词叙写词人的一段情事。

② "蓬莱"句:意谓一个美貌如天台仙女般的女子,居住在蓬莱院中。蓬莱院,这里指南唐宫院。蓬莱,古代传说中的仙山名,亦泛指仙境。天台女,据《幽明录》载,刘晨、阮肇入天台山采药,遇二女,资质绝妙,被邀至家,留住半年。回家后,子孙已历七世,因知二女为仙女。
③ 昼寝:午睡。
④ "抛枕"句:谓抛散在枕上的长发乌黑而有光泽。翠云,形容女子的头发乌黑浓密。
⑤ 潜来:悄悄地来。珠锁:缀有珠饰的环锁。
⑥ 慢:通"曼",柔美。盈盈:仪态美好的样子。

菩萨蛮①

铜簧韵脆锵寒竹②,新声慢奏移纤玉③。眼色暗相钩,秋波横欲流④。　　雨云深绣户,未便谐衷素⑤。宴罢又成空,梦迷春雨中。

注释

① 这首词写词人与一位奏乐美人的一段情事。
② "铜簧"句:谓铜簧发出清脆的乐声,寒竹发出锵然的乐声。

铜簧,铜片制成的吹奏乐器。寒竹,指箫、笛、笙一类的竹制乐器。
③ 新声:新的乐曲。纤玉:喻女子纤细白嫩的手。
④ "眼色"二句:言二人以眉目传情。眼色,眼神。秋波,比喻美女的眼睛明亮澄澈。
⑤ "雨云"二句:意谓欲与女子欢会于绣户中,可却没有机会谐合。雨云,即云雨,语出宋玉《高唐赋》,指男女欢会。绣户,女子的居室。衷素,情愫。

辑评

沈际飞曰:精切。 又曰:后叠弱,可移赠妓。(《草堂诗余续集》)

徐士俊曰:后主词率意都妙,即如"衷素"二字,出他人口便村。(《古今词统》引)

阮郎归①

东风吹水日衔山,春来长是闲。落花狼藉酒阑珊②,笙歌醉梦间③。　　珮声悄④,晚妆残,凭谁整翠鬟⑤。留连光景惜朱颜⑥,黄昏独倚阑。

阮郎归（东风吹水日衔山）

注释

① 这首词描写词人独居无欢的生活。

② 阑珊:冷落。

③ "笙歌"句:只有在醉梦中寻找吹笙唱歌的欢乐了。

④ 珮:玉佩,古人佩戴的一种饰物。

⑤ 凭谁:为谁。翠鬟:古代女子所梳的环形发髻。

⑥ 朱颜:青春。

辑评

李廷机曰:李后主著作颇多,而此尤杰出者。(《草堂诗余评林》)

沈际飞曰:意绪亦似归宋后作。(《草堂诗余正集》)

徐士俊曰:后主归宋后词,常用"闲"字,总之闲不过耳,可怜。(《古今词统》引)

李于鳞曰:上写其如醉如梦,下有黄昏独坐之寂寞。 又曰:似天台仙女,伫望归期,神思为阮郎飘荡。(《南唐二主词汇笺》引)

俞陛云曰:词为十二弟郑王作。开宝四年,令郑王从善入朝,太祖拘留之,后主疏请放归,不允,每凭高北望,泣下沾襟。此词春暮怀人,倚阑极目,黯然有鸰原之思。煜虽孱主,亦性情中人也。(《唐五代两宋词选释》)

浪淘沙①

往事只堪哀,对景难排②。秋风庭院藓侵阶③。一行珠帘闲不卷,终日谁来。　　金锁已沉埋,壮气蒿莱④。晚凉天静月华开⑤。想得玉楼遥殿影⑥,空照秦淮⑦。

注释

① 这首词抒写词人入宋后追念故国的悲痛心情。
② 排:排遣。
③ 藓侵阶:苔藓侵占了台阶。说明久无人行。
④ "金锁"二句:借用三国吴灭亡的故事来说国运已尽,南唐王气黯然而收。据《晋书·王濬传》记载,晋武帝派王濬伐吴,吴人用铁锁横绝江面,阻挡晋船。晋人用火将它烧熔,攻入金陵。刘禹锡《西塞山怀古》诗有"金陵王气黯然收"、"千寻铁锁沉江底"的描写。金锁,指沉入江底的铁锁。壮气,犹"王气"。蒿莱,杂草,这里作动词用,意为淹没于野草之中,用以形容王气已尽。
⑤ 月华:月光,月色。
⑥ 玉楼遥殿:指南唐的宫殿。
⑦ "空照"句:徒然在秦淮河中投下荒寂的影子。秦淮,指秦淮河,在今江苏南京。

辑评

沈际飞曰：此在汴京念秣陵事作，读不忍竟。（《草堂诗余续集》）

陈廷焯曰：起五字凄婉，却来得突兀，故妙。凄恻之词而笔力精健，古今词人谁不低首。（《云韶集》）

俞陛云曰：薛阶帘静，凄寂等于长门，"金锁"二句有铁锁沉江、王气黯然之慨，回首秦淮，宜其凄咽。（《唐五代两宋词选释》）

唐圭璋曰：此首念秣陵。上片，白昼凄清状况，哀思弥切。起两句，总括全篇。"秋风"一句，补实上句难排之景。秋风袅袅，苔藓满阶，想见荒凉无人之情，与当年"春殿嫔娥鱼贯列"之盛较之，真有天渊之别。"一行"两句，极致孤独之哀。后主入汴以后之生活，于此可见。换头，自叹当年之意气，都已销尽。"晚凉"一句，点月出。"想得"两句，因月生感，怅望无极。月影空照秦淮，画出失国后之惨淡景象。（《唐宋词简释》）

采桑子①

辘轳金井梧桐晚②，几树惊秋③。昼雨新愁，百尺虾须在玉钩④。　　琼窗春断双蛾皱⑤。回首边头⑥,欲寄鳞游⑦,九曲寒波不泝流⑧。

注释

① 这是闺中女子悲秋怀人之作。
② 辘轳(lú lú)金井:井上传来辘轳的打水声。
③ "几树"句:意谓秋风惊动了几多树木。
④ 虾须:指帘子。因帘的形状像虾须,故称。
⑤ 春断:春尽。双蛾:双眉。
⑥ 边头:边关,边远处。
⑦ 鳞游:游鱼,借指书信。古人有鲤鱼传书的故事,所以这里以鱼代书。
⑧ 九曲:即黄河。不泝(sù)流:无法逆流而上。

辑评

沈际飞曰:何关鱼雁山水,而词人一往寄情,煞甚相关,秦、李诸人,多用此诀。(《草堂诗余正集》)

李于鳞曰:观其愁情欲寄处,自是一字一泪。(《南唐二主词汇笺》引)

俞陛云曰:上阕宫树惊秋,卷帘凝望,寓怀远之思。故下阕云回首边头,音书不到,当是忆弟郑王北去而作,与《阮郎归》调同意。(《唐五代两宋词选释》)

虞美人①

风回小院庭芜绿②,柳眼春相续③。凭栏半日独无言,依旧竹声新月似当年④。　　笙歌未散尊前在⑤,池面冰初解。烛明香暗画堂深,满鬓清霜残雪思难任⑥。

注释

① 这首词抒写国亡被囚的惨痛心情。
② 庭芜:庭院中的草。
③ 柳眼:柳芽初吐时细如睡眼,故称。春相续:指今年的春天续上了去年的春天。
④ 竹声:竹制乐器发出的声音。这里泛指音乐声。
⑤ 尊前在:酒尊还在眼前。
⑥ 清霜残雪:形容白发。思难任:悲苦的心情无法控制得住。

辑评

沈际飞曰:此亦在汴京忆旧乎?华疏采会,哀音断绝。(《草堂诗余续集》)

徐士俊曰:此君"花明月暗"之外,复有"烛明香暗"。(《古今词统》引)

俞陛云曰:此词上、下段结句,情文悱恻,凄韵欲流,如方干

诗之佳句,乘风欲去也。(《唐五代两宋词选释》)

俞平伯曰:"当年"引下片回忆境界,早春光景。实景与所忆不必同,借"竹声新月"逗入,是变幻处。(《唐宋词选释》)

唐圭璋曰:此首忆旧词。起点春景,次入人事。风回柳绿,又是一年景色,自后主视之,能毋增慨。凭阑脉脉之中,寄恨深矣。"依旧"一句,猛忆当年今日。景物依稀,而人事则不堪回首。下片承上,申述当年笙歌饮宴之乐。"满鬓"句,勒转今情,振起全篇。自摹白发穷愁之态,尤令人悲痛。(《唐宋词简释》)

玉楼春①

晚妆初了明肌雪②,春殿嫔娥鱼贯列③。笙箫吹断水云间④,重按霓裳歌遍彻⑤。　　临风谁更飘香屑⑥,醉拍阑干情味切⑦。归时休照烛花红,待放马蹄清夜月。

注释

① 此词具体描写一次宫中歌舞宴乐的情形。
② 初了:刚刚完毕。明肌雪:肌肤像雪一样洁白。
③ 嫔娥:嫔妃宫娥。鱼贯列:按着次序排列着。

④ "笙箫"句:笙箫之声充满在天地之间。断,这里是占有的意思。

⑤ 重按:指一再弹奏。霓裳:即《霓裳羽衣曲》,唐代著名舞曲。歌遍彻:意思是把长长的《霓裳羽衣曲》全部奏完。《霓裳羽衣曲》系大曲,共有十八遍(叠),每遍(叠)有二段。整套曲子奏完叫"彻"。如李璟《浣溪沙》"小楼吹彻玉笙寒"。

⑥ 香屑:香粉。据传后主宫中有主香宫女,持香料之粉屑飘散于各处。

⑦ 切:真切。

辑评

杨慎曰:何等富丽侈纵。观此,那得不失江山。(《评点草堂诗余》)

李廷机曰:人主叙宫中之乐事自是新切,不与他词同。(《草堂诗余评林》)

李于鳞曰:上叙凤辇出游之乐,下叙鸾舆归来之乐。(《南唐二主词汇笺》引)

谭献曰:豪宕。(谭评《词辨》)

陈廷焯曰:风雅疏狂,失人君之度矣。(《云韶集》)

唐圭璋曰:此首亦写江南盛时景象。起叙嫔娥之美与嫔娥之众,次叙春殿歌舞之盛。下片,更叙殿中香气氤氲与人之陶醉。"归时"两句,转出踏月之意,想见后主风流豪迈之襟抱,与"花间"之局促房帏者,固自有别也。(《唐宋词简释》)

子夜歌[①]

寻春须是先春早,看花莫待花枝老。缥色玉柔擎[②],醅浮盏面清[③]。　　何妨频笑粲[④],禁苑春归晚[⑤]。同醉与闲平[⑥],诗随羯鼓成[⑦]。

注释

① 这首词描写词人的闲适生活。
② "缥(piǎo)色"句:谓美女纤纤玉手举起青瓷酒壶。缥色,淡青色,这里指青色的酒器。玉柔,指女子柔嫩洁白的手。擎,举。
③ "醅(pēi)浮"句:言酒非常的清醇。醅,未过滤的酒。
④ 粲(càn):开口笑的样子。
⑤ 禁苑:帝王的园林。
⑥ 闲平:即闲评,随意评价、品评。
⑦ 羯(jié)鼓:古代羯族的一种打击乐器。

谢新恩[①]

秦楼不见吹箫女[②],空余上苑风光[③]。粉英金蕊自低昂④。东风恼我,才发一衿香⑤。　　琼窗梦笛残日,当年得恨何长⑥。碧阑干外映垂杨。暂时相见,如梦懒思量⑦。

注释

① 这是一首悼念昭惠后娥皇(即大周后)之作。
② "秦楼"句:据刘向《列仙传》载,秦穆公的女儿弄玉喜欢吹箫,后嫁给了善吹箫的仙人萧史。萧史每日教她吹箫,作凤鸣之声,能把凤凰引到他们居住的楼上。后来夫妇二人都随凤凰飞去。这里以吹箫女代指逝去的大周后。
③ 上苑:古代帝王打猎游玩的场所。
④ 粉英金蕊:泛指花卉。自低昂:指苑中花卉或高或低,空自开放,无人欣赏。
⑤ "东风"二句:意思是说这东风真让我恼怒,偏在我眼前散发出浓浓的芳香,使得我满怀都是香气。衿,通"襟"。诗人这样说是因为失去所欢,内心怨恨,故带及东风。
⑥ "琼窗"二句:前一句写小窗梦境,后一句点出大周后亡逝之恨。
⑦ "暂时"二句:谓梦中的相见实在短暂,与其忍受思念之苦,还不如不再去思念她。

谢新恩[①]

樱花落尽阶前月,象床愁倚薰笼[②]。远似去年今日,恨还同。 双鬟不整云憔悴[③],泪沾红抹胸[④]。何处相思苦,纱窗醉梦中。

注释

① 这是一首闺妇思念丈夫之作。
② 象床:以象牙为饰的床。薰笼:一种生活器物。在熏炉上面覆以笼,供熏香、烘物和取暖之用。
③ 双鬟:古代女子梳的两个环形的发髻。云憔悴:指蓬松的头发没有光泽。
④ 抹胸:俗名肚兜,掩在胸前的小衣。

破阵子[①]

四十年来家国[②],三千里地山河[③]。凤阁龙楼连霄汉[④],玉树琼枝作烟萝[⑤],几曾识干戈[⑥]? 一旦归为臣虏[⑦],沈腰潘鬓消磨[⑧]。最是仓皇辞庙日[⑨],教坊犹奏别离歌[⑩],垂泪对宫娥。

注释

① 这首词抒写亡国之恨。

② 四十年:南唐自开国(937)至灭亡(975),将近四十年。

③ 三千里地:南唐有三十五州,是当时的大国。

④ 凤阁龙楼:言楼台殿阁极其华丽。

⑤ "玉树"句:美丽的树木像烟笼萝缠那样繁茂。玉树琼枝,形容树木华美。

⑥ 干戈:武器。这里指战争。

⑦ 归为臣虏:指亡国成了俘虏。

⑧ "沈腰"句:说自己被折磨得腰肢渐瘦,鬓发渐白。据《梁书·沈约传》载,沈约曾给人写信说自己老病,"百日数旬,革带常应移孔"。后人因以"沈腰"代称腰围消瘦。晋朝潘岳在《秋兴赋》中说自己"斑鬓发以承弁兮",后人遂用"潘鬓"代称鬓发斑白。

⑨ 仓皇:仓促。辞庙:辞别宗庙。这里是指辞别祖先创建的国家。

⑩ 教坊:掌管音乐歌舞的机关。

辑评

苏轼曰:后主既为樊若水所卖,举国与人,故当恸哭于九庙之外,谢其民而后行,顾乃挥泪宫娥,听教坊离曲,何哉!(《东坡题跋》)

梁绍壬曰：讥之者曰仓皇辞庙，不挥泪于宗社而挥泪于宫娥，其失业也宜矣。不知以为君之道责后主，则当责之于垂泪之日，不当责之于亡国之时。若以填词之法绳后主，则此泪对宫娥挥为有情，对宗社挥为乏味也。此与宋蓉塘讥白香山诗谓忆妓多于忆民，同一腐论。（《两般秋雨庵随笔》）

唐圭璋曰：此首后主北上后追赋之词。上片，极写当年江南之豪华，气魄沉雄，实开宋人豪放一派。换头，骤转被虏后之凄凉，与被虏后之憔悴。今昔对照，警动异常。"最是"三句，忽忆当年临别时最惨痛之事。当年江南陷落之际，后主哭庙，宫娥哭主，哀乐声、悲歌声、哭声合成一片，直干云霄。宁复知人间何世耶！后主于此事，印象最深，故归汴以后，一念及之，辄为肠断。论者谓此词凄怆，与项羽拔山之歌，同出一揆。（《唐宋词简释》）

浪淘沙①

帘外雨潺潺②，春意阑珊③。罗衾不耐五更寒④。梦里不知身是客⑤，一晌贪欢⑥。　　独自莫凭栏，无限江山⑦，别时容易见时难。流水落花春去也，天上人间⑧。

注释

① 这首词抒写亡国被俘的悲怀。
② 潺潺：雨水声。
③ 阑珊：衰残。
④ 罗衾：丝质的被子。
⑤ 身是客：指身为亡国俘囚。
⑥ 一晌：片刻。
⑦ 无限江山：指故国的大好河山。
⑧ 天上人间：言大好春光不知是在天上还是在人间，令人迷离，难以寻觅。

辑评

郭麐曰：绵邈飘忽之音，最为感人深至。李后主之"梦里不知身是客，一晌贪欢"，所以独绝也。（《灵芬馆词话》）

许昂霄曰：全首语意惨然。（《词综偶评》）

谭献曰：雄奇幽怨，乃兼二难；后起稼轩，稍伧父矣。（谭评《词辨》）

王闿运曰：高妙超脱，一往情深。（《湘绮楼词选》）

陈廷焯曰：凭栏远眺，百端交集，此词播之管弦，闻者定当堕泪。（《云韶集》）　又曰：结得怨惋，尤妙在神不外散，而有流动之致。（《词则·大雅集》）

俞陛云曰：言梦中之欢，益见醒后之悲。昔日歌舞《霓裳》，

不堪回首。结句"天上人间"三句怆然欲绝。此归朝后所作。（《唐五代两宋词选释》）

刘永济曰：此亦托为别情，实乃思念故国之词。"流水"句，以比"见时难"也。"流水"、"落花"、"春去"，三事皆难重返者，当未流、未落、未去之时，比之已流、已落、已去之后，有如天上之比人间，以见重见别后之江山，其难易相差，亦如此也。（《唐五代两宋词简析》）

唐圭璋曰：此首殆后主绝笔，语意惨然。五更梦回，寒雨潺潺，其境之黯淡凄凉可知。"梦里"两句，忆梦中情事，尤觉哀痛。换头宕开，两句自为呼应。所以"独自莫凭阑"者，盖因凭阑见无限江山，又引起无限伤心也。此与"心事莫将和泪说，凤笙休向泪时吹"，同为悲愤已极之语。辛稼轩之"休去倚危阑，斜阳正在烟柳断肠处"，亦袭此意。"别时"一句，说出过去与今后之情况。自知相见无期，而下世亦不久矣。故"流水"两句，即承上申说不久于人世之意，水流尽矣，花落尽矣，春去归矣，而人亦将亡矣。将四种了语，并合一处作结，肝肠断绝，遗恨千古。（《唐宋词简释》）

渔　父[①]

浪花有意千重雪[②]，桃李无言一队春[③]。一壶酒,一竿身,世上如侬有几人④。

注释

① 这首词描写渔父的快乐逍遥。

② 千重雪:形容很多白色的浪花。

③ 桃李无言:语出《史记·李将军列传》:"谚曰:'桃李不言,下自成蹊。'"这里指桃李默默开花。一队:言桃李整齐地分列成行。

④ 侬:我。

渔 父①

一棹春风一叶舟②,一纶茧缕一轻钩③。花满渚④,酒盈瓯⑤,万顷波中得自由。

注释

① 这首词描写渔父自由自在的生活。

② 棹:船桨。

③ 茧缕:钓鱼用的丝线。

④ 渚(zhǔ):水中小块陆地。

⑤ 瓯(ōu):盛酒杯。

辑评

俞成曰:杜诗"丹霞一缕轻",李后主《渔父》词"茧缕一轻钩",胡少汲诗"隋堤烟雨一帆轻";至若骚人于渔父则曰"一蓑烟雨",于农夫则曰"一犁春雨",于舟子则曰"一篙春水",皆曲尽形容之妙也。(《萤雪丛说》)

乌夜啼①

无言独上西楼,月如钩,寂寞梧桐深院锁清秋②。　剪不断,理还乱,是离愁,别是一般滋味在心头③。

注释

① 这首词抒写幽囚生活的愁苦。
② "寂寞"句:意谓月光照着梧桐,重门深闭,锁住了满院凄清的秋色。
③ "别是"句:别有一种无法说得清楚的滋味在心头活动着。

辑评

黄昇曰：此词最凄婉，所谓亡国之音哀以思也。（《花庵词选》）

沈际飞曰：七情所至，浅尝者说破，深尝者说不破。破之浅，不破之深。"别是"句妙。（《草堂诗余续集》）

王闿运曰：词之妙处，亦别是一般滋味。（《湘绮楼词选》）

陈廷焯曰：凄凉况味，欲言难言，滴滴是泪。（《云韶集》）

又曰：哀感顽艳。妙只说不出。（《词则·大雅集》）

俞陛云曰：后阕仅十八字，而肠回心倒，一片凄异之音，伤心人固别有怀抱。（《唐五代两宋词选释》）

刘永济曰：上半阕言所处之寂寞。下半阕满腹离怨，无语可以形容，故朴直说出。"别是"句，尤为沉痛。盖亡国君之滋味，实尽人世悲苦之滋味无可与比者，故曰"别是一般"。（《唐五代两宋词简析》）

俞平伯曰：自来盛传其"剪不断，理还乱"以下四句，其实首句"无言独上西楼"六字之中，已摄尽凄婉之神矣。（《读词偶得》）　又曰：虽上片写景，下片抒情，凄凉的气氛，却融会全篇。如起笔"无言独上西楼"一句，已摄尽凄婉的神情。"别是一般滋味"也是离愁。剪不断，理还乱，还可形状，这却说不出，是更深一层的写法。（《唐宋词选释》）

唐圭璋曰：此首写别愁，凄婉已极。"无言独上西楼"一句，叙事直起，画出后主愁容。其下两句，画出后主所处之愁境。举头见新月如钩，低头见桐阴深锁，俯仰之间，万感萦怀矣。此片写景亦妙,惟其桐阴深黑,新月乃愈显明媚也。下片,因景抒情。换头三句,深刻无匹,使有千丝万缕之离愁,亦未必不可剪、不可理,此言"剪不断,理还乱",则离愁之纷繁可知。所谓"别是一般滋味",是无人尝过之滋味,惟有自家领略也。后主以南朝天子,而为北地幽囚;其所受之痛苦、所尝之滋味,自与常人不同。心头所交集者,不知是悔是恨,欲说则无从说起,且亦无人可说,故但云"别是一般滋味"。究竟滋味若何,后主且不自知,何况他人?此种无言之哀,更胜于痛哭流涕之哀。(《唐宋词简释》)

捣练子令[①]

云鬓乱,晚妆残,带恨眉儿远岫攒[②]。斜托香腮春笋嫩[③],为谁和泪倚阑干[④]。

注释

① 这首词描写女子的愁态。
② 远岫(xiù)攒:形容双眉紧皱就像远山攒在一起。
③ 春笋嫩:形容女子的手指像春笋一样细嫩。
④ 和泪:含泪。